Manos que caen

Menos que cero

Bret Easton Ellis nació en Los Ángeles en 1964. Al acabar la secundaria, decidió abandonar el Oeste y viajar a Nueva Inglaterra para estudiar en la Universidad de Bennington. En 1985, alentado por sus profesores, Ellis completó la que sería su primera novela, *Menos que cero*, que recibió el aplauso de la crítica y se convirtió en libro de culto. Cuando, en 1992, publicó *American Psycho*, el retrato de un ejecutivo psicópata, se confirmó que había nacido una estrella. También es autor del ensayo autobiográfico *Blanco* (2020), del libro de cuentos *Los confidentes* (1994) y de las novelas *Las leyes de la atracción* (1990), *Lunar Park* (2006), *Suites imperiales* (2010), *Glamourama* (1999) y *Los destrozos* (2023). Actualmente vive en Los Ángeles.

Biblioteca

BRET EASTON ELLIS

Menos que cero

Traducción de
Mariano Antolín Rato

DEBOLS!LLO

Papel certificado por el Forest Stewardship Council®

Penguin
Random House
Grupo Editorial

Título original: *Less Than Zero*

Primera edición en Debolsillo: mayo de 2023

© 1985, Bret Easton Ellis
© 2010, 2023, Penguin Random House Grupo Editorial, S.A.U.
Travessera de Gràcia, 47-49. 08021 Barcelona
© 1986, Mariano Antolín Rato, por la traducción
Diseño de la cubierta: Penguin Random House Grupo Editorial
basado en el diseño original de Melissa Four para Picador Books

El autor agradece el permiso para reproducir las letras de las siguientes
canciones: «The Have Nots» de John Doe y Exene Cervenka © 1982,
Eight-Twelve Music. «Stairway to Heaven» de Jimmy Page y Robert Plant
© 1972, Superhype Publishing. Todos los derechos reservados. «Crimson
and Clover» de Tommy James y Peter Lucia. © 1968, Big Seven Music
Corp. Todos los derechos reservados. «Straight Into Darkness» de Tom
Petty © 1982, Gone Gator Music (ASCAP). «In the Sun» de Christopher
Stein © 1977, Jiru Music, Inc. «The Earthquake Song» de Carol Maso
y Mick Walker © 1981, John Fransome Music. «Worlds Away» de Jane
Wiedlin y Kathy Velentine © 1982, Lipsync Music (ASCAP) / Some Other
Music (ASCAP). Todos los derechos reservados.

Printed in Spain – Impreso en España

ISBN: 978-84-663-7063-9
Depósito legal: B-5.727-2023

Impreso en Novoprint
Sant Andreu de la Barca (Barcelona)

P 37063 A

Para Joe McGinniss

Este es el juego que cambia cuando lo juegas…

X

Cuando miro al Oeste, noto cierta sensación…

LED ZEPPELIN

A la gente le da miedo mezclarse entre el tráfico de las autopistas de Los Ángeles. Esto es lo primero que oigo cuando vuelvo a la ciudad. Blair me recoge en la terminal y murmura eso mientras su coche sale del aparcamiento. Dice: «A la gente le da miedo mezclarse entre el tráfico de las autopistas de Los Ángeles». Aunque la frase no debiera haberme inquietado, se me queda grabada en la mente durante bastante tiempo. No parece que importe nada más. Ni el hecho de que yo tenga dieciocho años y sea diciembre y el vuelo haya sido duro y la pareja de Santa Bárbara, que estaba sentada al otro lado del pasillo en primera clase, se emborrachase a conciencia. Tampoco el barro que me había salpicado las perneras de los vaqueros, que notaba frescos y sueltos a primera hora de ese día en un aeropuerto de New Hampshire. Tampoco la mancha en la manga de la camiseta arrugada y sudada que llevo, una camisa que esta mañana se veía nueva y limpia. Ni el roto en el cuello de mi chaqueta de lana gris, que parece bastante más propia del Este que antes, en especial comparada con los ajustados vaqueros de Blair y su camiseta azul pálido. Todo esto parece irrelevante al lado de esa frase. Parece más fácil oír que a la gente le da miedo mezclarse que: «Estoy completamente segura de que Muriel está anoréxica», o escuchar al cantante de la radio que grita en las ondas. Nada parece importarme excepto ese puñado de palabras. Ni el viento cálido que parece impulsar al vehículo por la desierta autopista de asfalto, ni el leve olor a marihuana que todavía impregna el coche de Blair. Todo lo cual se reduce a que soy un chico que vuelve a casa a pasar un mes y se encuentra con alguien a quien lleva cuatro meses sin ver, y a que a la gente le da miedo mezclarse.

Blair deja la autopista y llega a un semáforo en rojo. Una fuerte ráfaga de viento hace que el coche oscile durante un momento y Blair sonríe y dice algo sobre subir la capota del coche y cambia de emisora. Al acercarnos a mi casa, Blair tiene que parar el coche porque hay cinco operarios retirando los restos de las palmeras que ha derribado el viento y cargando en un camión rojo muy grande las hojas y los trozos de corteza, y Blair vuelve a sonreír. Se detiene ante mi casa y la verja está abierta y me bajo del coche y me sorprende notar la sequedad y el calor. Me quedo allí parado un buen rato y Blair, después de ayudarme a descargar las maletas, sonríe y me pregunta:

—¿Te pasa algo?

—No —contesto.

—Estás pálido —insiste Blair.

Yo me encojo de hombros y nos decimos adiós y ella sube a su coche y se va.

Nadie en casa. El aire acondicionado está encendido y la casa huele a pino. Hay una nota en la mesa de la cocina que dice que mi madre y mis hermanas han salido a hacer las compras de Navidad. Desde donde estoy distingo al perro tumbado junto a la piscina, respirando pesadamente, dormido, el pelo agitado por el viento. Subo al piso de arriba y me cruzo con la nueva criada, que me sonríe y parece comprender quién soy, y paso por delante de los cuartos de mis hermanas, que todavía parecen seguir igual, solo que tienen recortes de QG diferentes pegados en la pared, y entro en mi habitación y veo que no ha cambiado nada. Las paredes siguen siendo blancas; los discos siguen en su sitio; no han quitado la televisión; las persianas siguen subidas, tal y como las dejé. Parece que mi madre y la nueva criada, o quizá la vieja, han limpiado mi armario mientras yo estaba fuera. Hay una pila de cómics encima de la mesa con una nota encima que dice: «¿Todavía los quieres?»; también hay un recado de que Julian me ha llamado y una tarjeta que dice: «Jodidas Navidades». La abro y dentro dice: «Pasemos las jodidas Navidades juntos». Es una invitación a la fiesta de Navidad de Blair. Dejo la tarjeta y noto que en mi cuarto está empezando a hacer frío de verdad.

Me quito los zapatos y me tumbo en la cama y me toco la frente para ver si tengo fiebre. Creo que sí. Y con la mano en la frente miro con precaución el póster con marco y cristal que está en la pared de encima de mi cama, pero tampoco ha cambiado. Es el póster de promoción de un viejo disco de Elvis Costello. Elvis mira hacia la ventana con esa sonrisa irónica y torcida en los labios. La palabra «Trust» revolotea por encima de su cabeza, y sus gafas de sol, un cristal rojo, el otro azul, están caídas sobre el puente de su nariz, de modo que se le ven los ojos, que están ligeramente desviados. Aun así, los ojos no me miran. Solo miran a lo que hay junto a la ventana, pero estoy demasiado cansado para levantarme y acercarme a la ventana.

Cojo el teléfono y llamo a Julian, asombrado de recordar su número, pero nadie contesta. Me siento, y por entre las persianas distingo las palmeras que se agitan furiosamente y se doblan debido al viento caliente, y luego vuelvo a mirar el póster y luego me doy la vuelta y luego vuelvo a mirar la sonrisa y la mirada burlona, los cristales rojo y azul, y todavía puedo oír que a la gente le da miedo mezclarse y trato de olvidar la frase, olvidarla del todo. Pongo la MTV y me digo que podría pasar de ella y dormirme si tuviera un Valium, y luego pienso en Muriel y me siento un poco mal cuando empiezan a aparecer los vídeos.

Esa noche llevo a Daniel a la fiesta de Blair, y Daniel lleva gafas de sol y una chaqueta de negra lana y vaqueros negros. También lleva unos guantes de cuero negro porque la semana pasada, en New Hampshire, se cortó con un trozo de cristal.

Tuve que ir con él a la sala de urgencias del hospital, y miraba cómo le limpiaban la herida y le quitaban la sangre y empezaban a coserle cuando empecé a encontrarme mal, y después me fui y me senté en la sala de espera y eran las cinco de la mañana y oí cantar a The Eagles «New Kid in Town» y sentí ganas de volver a casa. Estamos a la puerta de casa de Blair en Beverly Hills y Daniel se queja de que los guantes se le pegan a los puntos y le quedan pequeños, pero no se los quita porque no quiere que la gente vea los puntos del pulgar y los otros dedos. Blair abre la puerta.

—Hola, guapos —exclama Blair.

Lleva una chaqueta de cuero negra y pantalones a juego. Va descalza y me abraza y luego mira a Daniel.

—Bueno, ¿y este quién es? —pregunta con una sonrisa.

—Se llama Daniel. Daniel, esta es Blair —digo.

Blair le tiende la mano y Daniel sonríe y se la estrecha con suavidad.

—Bueno, entrad. Feliz Navidad.

Hay dos árboles de Navidad, uno en el salón y otro en el estudio, y los dos tienen luces rojas que se encienden y apagan. En la fiesta hay tipos del colegio y a la mayor parte de ellos no los he visto desde que nos graduamos y todos están de pie cerca de los dos enormes árboles de Navidad. Trent, un modelo masculino al que conozco, también está.

—Hola, Clay —dice Trent.

Lleva un pañuelo rojo y verde alrededor del cuello.

—Hola, Trent —digo yo.

—¿Cómo estáis, pequeños?

—Estupendamente. Trent, este es Daniel. Daniel, este es Trent.

Trent le tiende la mano y Daniel sonríe y se ajusta las gafas de sol y se la estrecha.

—Hola, Daniel —dice Trent—. ¿Dónde estudias?

—En el mismo sitio que Clay —dice Daniel—. ¿Y tú?

—Yo voy a la U.C.L.A. o, como dicen los orientales, U.C.R.A.

Trent imita a un viejo japonés, ojos rasgados, cabeza inclinada, enseña los dientes, y luego se ríe como un borracho.

—Yo voy a la Universidad de los Señoritos Consentidos —dice Blair, sonriendo con malicia y pasándose los dedos por su larga melena rubia.

—¿Dónde dices? —pregunta Daniel.

—A la U.S.C.

—Ah, ya. A la Universidad del Sur de California —dice él—. Está muy bien.

Blair y Trent se ríen y ella le agarra del brazo para mantener el equilibrio.

—O a la Udía de S.C. —dice ella, casi sin poder respirar.

—O a la Udía de C.L.A. —dice Trent, todavía riendo.

Por fin Blair deja de reír y se roza contra mí al cruzar la puerta y decirme que debería probar el ponche.

—Voy a buscar ponche —dice Daniel—. ¿Quieres un poco, Trent?

—No, gracias. —Trent me mira y dice—: Estás pálido.

Caigo en la cuenta de que lo estoy, sobre todo comparado con el oscuro bronceado de Trent y la mayoría de los presentes en la habitación.

—He pasado cuatro meses en New Hampshire.

Trent busca en uno de los bolsillos.

—Toma —dice, dándome una tarjeta—. Es la dirección de un salón de bronceado de Santa Mónica. No se trata de luces ni de nada de eso, y tampoco tienes que tragar pastillas de vitamina E. Es una cosa que llaman rayos UVA y dicen que te tiñe la piel.

Al cabo de un rato dejo de escuchar a Trent y miro a los otros tres chicos, unos amigos de Blair a los que no conozco y que van a la U.S.C. Los tres bronceados y rubios. Uno canta acompañando la música que sale de los altavoces.

—Y funciona.

—¿Qué es lo que funciona?

—Los rayos UVA. Mira la tarjeta, tío.

—Ah, claro. —Miro la tarjeta—. Te tiñen la piel, ¿es eso?

—Sí.

—Estupendo.

Pausa.

—¿Qué has estado haciendo últimamente? –pregunta Trent.

—Deshaciendo el equipaje –digo–. ¿Y tú?

—Verás. –Sonríe con orgullo–. Me han contratado en una agencia de modelos, una de las buenas –me asegura–. ¿Adivinas quién va a salir no solo en la portada del *International Male* de dentro de dos meses, sino también el mes de junio en el almanaque de la U.C.L.A.?

—¿Quién? –pregunto.

—Yo, tío –dice Trent.

—¿En el *International Male*?

—Sí. Es una revista que no me gusta. Mi agente les dijo que nada de desnudos, solo salir con Speedo y cosas así. Yo no poso desnudo.

Le creo, aunque no sé por qué, y miro por la habitación para ver si Rip, mi camello favorito, está en la fiesta. Pero no le veo y me vuelvo hacia Trent y le pregunto:

—Oye, ¿y qué más cosas has estado haciendo?

—Bueno, ya sabes, lo de siempre. Ir al Nautilus, arruinarme, ir a ese sitio de los rayos UVA… Pero, oye, no le digas a nadie que he ido a ese sitio. ¿Vale?

—¿El qué?

—Que no le hables a nadie de ese sitio de los rayos UVA. ¿Entendido?

Trent parece preocupado, casi fuera de sí, y le pongo la mano en el hombro y le doy una sacudida para tranquilizarle.

—Claro. No te preocupes.

—Oye –dice echando una ojeada por la habitación–. Tenemos un pequeño asunto. Pero otro día. Para almorzar –bromea, alejándose.

Daniel vuelve con el ponche, que es muy rojo y muy fuerte, y toso cuando tomo un trago. Desde donde estoy, puedo distinguir al padre de Blair, que es productor de cine y está sentado en un rincón del estudio con un joven actor con el que creo que fui al colegio. El novio del padre de Blair está también en la fiesta. Se llama Jared y es muy joven y muy rubio y está muy moreno y tiene los ojos azules y unos dientes increíblemente blancos y habla con los tres chicos de la U.S.C. También veo a la madre de Blair, que está sentada junto a la barra, tomando un gimlet de vodka. Le tiemblan las manos cuando se lleva la copa a la boca. Alana, una amiga de Blair, entra en el estudio y me abraza y yo le presento a Daniel.

—Te pareces a David Bowie. —Alana, que está evidentemente puesta de coca, le pregunta a Daniel—: ¿Eres zurdo?

—No, me temo que no —dice Daniel.

—A Alana le gustan los chicos zurdos —le explico a Daniel.

—Y los que se parecen a David Bowie —me recuerda Alana.

—Y los que viven en la Colony —concluyo.

—Clay, eres tan bruto —dice riendo—. Clay es todo un bestia.

—Ya lo sé —dice Daniel—. Un bestia. Total.

—¿Quieres un poco de ponche? —le pregunto.

—Querido —dice ella, lenta, dramáticamente—. Yo he hecho el ponche. —Se ríe y luego se fija en Jared y de repente deja de reír—. Por Dios, me gustaría que el padre de Blair no invitara a Jared a estas cosas. Pone nerviosa a su madre. De todos modos está toda escocida. Aunque tenerle cerca hace que se sienta peor. —Se vuelve hacia Daniel y dice—: La madre de Blair es agorafóbica. —Vuelve a mirar a Jared—. Me refiero a que va a ir la semana que viene al Valle de la Muerte a rodar exteriores, no sé por qué no puede esperar hasta entonces, ¿no te parece?

Alana se vuelve hacia Daniel, luego hacia mí.

—Sí —contesta Daniel solemnemente.

—Claro —corroboro yo.

Alana baja la vista y luego me vuelve a mirar y dice:

—Estás muy pálido, Clay. Deberías ir a la playa o hacer algo.

—Es probable que lo haga. —Y toco la tarjeta que me ha dado Trent y luego le pregunto si Julian va a aparecer por allí—. Me llamó y dejó un recado, pero no he podido hablar con él.

—Oh, por Dios, no lo hagas —dice Alana—. Me han dicho que anda muy jodido.

—¿Qué quieres decir? —pregunto.

De repente, los tres chicos de la U.S.C. y Jared se echan a reír al unísono.

Alana pone los ojos en blanco y parece angustiada.

—A Jared le contó ese chiste tan estúpido su novio, que trabaja en Morton's: «¿Cuáles son las dos mentiras más grandes?». «Te devolveré el dinero y no me correré en tu boca.» Ni siquiera lo entendí. Dios mío, será mejor que vaya a ayudar a Blair. Su madre sigue pegada a la barra. Encantada de conocerte, Daniel.

—Lo mismo digo —dice Daniel.

Alana se dirige hacia Blair y su madre, que están junto a la barra.

—Creo que debería haber tarareado unos cuantos acordes de «Let's Dance» —dice Daniel.

—Sí, deberías haberlo hecho.

—Caramba, Clay, eres un bestia.

Nos marchamos después de que Trent y uno de los chicos de la U.S.C. se hayan caído sobre el árbol de Navidad del salón. Esa misma noche, algo más tarde, estamos en uno de los extremos de la barra en penumbra del Polo Lounge. Apenas hablamos.

—Quiero volver —dice Daniel, tranquilo, con esfuerzo.

—¿Adónde? —pregunto yo, inseguro.

Hay una larga pausa de esas que me sacan de quicio y Daniel termina su copa y manosea las gafas de sol que todavía lleva puestas y dice:

—No lo sé. Simplemente volver.

Mi madre y yo estamos en un restaurante de Melrose, y ella bebe vino blanco y sigue con las gafas de sol puestas y no deja de tocarse el pelo y yo no dejo de mirarme las manos, completamente seguro de que están temblando. Trata de sonreír cuando me pregunta qué quiero por Navidad. Me sorprende lo mucho que me cuesta levantar la cabeza para mirarla.

—Nada —digo.

Tras una pausa, le pregunto:

—¿Y tú qué quieres?

No dice nada durante largo rato y vuelvo a mirarme las manos y ella bebe vino.

—No lo sé. Simplemente pasar unas navidades agradables.

Yo no digo nada.

—Pareces triste —dice bruscamente.

—No lo estoy —le respondo.

—Pues pareces triste —dice más tranquilamente en esta ocasión.

Se toca el pelo, decolorado, otra vez rubio.

—Tú también —digo con la esperanza de que no siga hablando.

No dice nada más hasta que termina la tercera copa de vino y se sirve la cuarta.

—¿Qué tal la fiesta?

—Bien.

—¿Cuánta gente había?

—Como cuarenta o cincuenta personas —digo encogiéndome de hombros.

Toma otro sorbo.

—¿A qué hora te fuiste?

—No me acuerdo.

—¿A la una? ¿A las dos?

—Más bien a la una.

—Oh.

Hace otra pausa y toma un nuevo sorbo.

—No estaba muy bien —digo, mirándola.

—¿Por qué? —pregunta curiosa.

—Simplemente no estaba muy bien —digo, y vuelvo a mirarme las manos.

Estoy con Trent en un tren amarillo que hay en Sunset. Trent fuma y bebe una Pepsi y yo miro por la ventanilla y me fijo en las luces de los coches que pasan. Esperamos a Julian, que ha quedado en traerle un gramo a Trent. Julian lleva un cuarto de hora de retraso y Trent está nervioso e impaciente y cuando le digo que debería hacer los trapicheos con Rip, como hago yo, y no con Julian, se limita a encogerse de hombros. Al final nos vamos y Trent dice que a lo mejor encontramos a Julian en el salón de máquinas recreativas de Westwood. No lo encontramos y Trent sugiere que vayamos a Fatburger a comer algo. Dice que tiene hambre, que lleva mucho sin tomar nada, y menciona algo sobre ayunar. Pedimos la comida y la llevamos a una mesa. Pero no tengo demasiada hambre y Trent se fija en que no hay chiles en mi Fatburger.

—Pero ¿qué te pasa? ¡No puedes comer una Fatburger sin chiles!

Pongo los ojos en blanco y enciendo un pitillo.

—¡Qué raro estás! Has pasado demasiado tiempo en esa jodida New Hampshire —murmura—. ¡Sin jodidos chiles!

No digo nada y veo que han pintado las paredes de un amarillo muy brillante, casi deslumbrante, que parece relucir con las luces fluorescentes. Joan Jett and the Blackhearts cantan en el jukebox «Crimson and Clover». Miro las paredes y escucho la letra. «Crimson and clover, over and over and over and over…» De pronto tengo sed, pero no quiero ir a la barra y pedir algo porque la que atiende es una chica japonesa gorda y de cara triste y hay un guardia de seguridad apoyado contra otra de las paredes amarillas mirando con desconfianza a todo el mundo, y Trent sigue mirando mi Fatburger con cara de asombro y hay un tipo de camisa roja y pelo largo encrespado que simula tocar la guitarra y tararea la letra de la canción en la mesa vecina a la nuestra y se pone a mover la cabeza al ritmo de la música y abre la boca. «Crimson and clover, over and over and over…Crimson and clo-oh-ver…»

Son las dos de la madrugada y hace calor y estamos en una mesa del fondo en el Edge y Trent se prueba mis gafas de sol y yo le digo que me quiero ir. Trent me contesta que nos iremos enseguida. La música de la pista de baile parece demasiado potente y me pongo tenso cada vez que la música para y empieza otro tema. Me reclino contra la pared de ladrillo y veo a una pareja de chicos besándose en un rincón oscuro. Trent nota que estoy tenso y dice:

—¿Qué quieres que haga? Quieres un Quaalude, ¿verdad?

Saca un dispensador de caramelos Pez y tira hacia atrás de la cabeza del pato Donald. Yo no digo nada, me limito a mirar el dispensador y luego Trent estira el cuello y dice:

—¿Esa chica es Muriel?

—No, esa es negra.

—Oh… tienes razón.

Pausa.

—Ni siquiera es una chica.

Me extraña que Trent confunda a un chico negro, y no anoréxico, con Muriel, pero luego caigo en la cuenta de que el chico lleva un vestido de mujer. Miro a Trent y le vuelvo a decir que tengo que irme.

—Sí, tenemos que irnos —dice él—. Ya lo has dicho antes.

Así que me miro los zapatos y Trent encuentra algo que decir.

—Eres demasiado.

Yo me sigo mirando los zapatos, tentado de pedirle que me deje ver el dispensador de Pez.

—Mierda, Clay, a ver si encuentras a Blair. Vámonos.

No quiero pasar por la pista de baile, pero comprendo que para salir hay que atravesarla. Cerca de la puerta me encuentro con Daniel, que está hablando con una chica guapa de verdad y muy morena que lleva una camiseta sin mangas de Heaven y una minifalda blanca y negra, y le susurro que me marcho y Daniel me mira y dice:

—¿Y a mí qué coño me importa?

Por fin, yo voy y le agarro de la manga y le digo que está demasiado borracho y él dice ¿ah, sí?, no me digas. Besa a la chica en la mejilla y nos sigue a la puerta, donde Blair está hablando, allí de pie, con un tipo de la U.S.C.

—¿Ya nos vamos?

—Sí —digo, preguntándome dónde habrá estado.

Salimos a la noche calurosa y Blair pregunta:

—¿Lo estáis pasando bien?

No responde nadie y Blair baja la vista.

Trent y Daniel están junto al BMW de Trent y Trent saca de la guantera las notas de Cliff sobre *Mientras agonizo* y se las da a Blair. Nos despedimos y me aseguro de que Daniel se meta en su coche. Trent dice que tal vez uno de nosotros debería llevarse a Daniel a casa, pero luego conviene en que sería demasiado follón llevárselo a casa para tener que acompañarlo a la suya mañana. Y yo llevo en coche a Blair a su casa de Beverly Hills y ella va toqueteando las notas de Cliff y no dice nada hasta que intenta quitarse la marca del sello de la mano y dice:

—Joder. Me gustaría que no tuvieran que marcarme la mano. No se va nunca.

Luego se queja de que me he pasado cuatro meses fuera y no la he llamado ninguna vez. Le digo que lo siento y salgo del Hollywood Boulevard porque está demasiado iluminado, y tomo por Sunset y luego sigo hasta su calle y luego cojo el camino que lleva a su casa. Nos besamos y me dice que he sujetado el volante con mucha fuerza y me mira los puños y dice:

—Tienes las manos rojas.

Luego se baja del coche.

Hemos estado de compras en Beverly Hills desde última hora de la mañana a primera de la tarde. Mi madre, mis hermanas y yo. Mi madre probablemente se ha pasado la mayor parte del tiempo en Neiman-Marcus, y mis hermanas han ido a Jerry Magnin y han cargado a la cuenta de mi padre lo que le han comprado a él y a mí, y luego van a MGA y a Camp Beverly Hills y a Privilege a comprarse algo para ellas. Yo me paso la mayor parte del tiempo en el bar de La Scala Boutique, aburrido, fumando, bebiendo vino tinto. Por fin aparece mi madre en su Mercedes, lo aparca delante de La Scala y me espera. Me levanto y dejo el dinero en el mostrador y subo al coche y reclino la cabeza en el respaldo.

—Está saliendo con ese chico mayor —dice una de mis hermanas.

—¿Y dónde estudia él? —pregunta la otra, interesada.

—En Harvard.

—¿En qué curso está?

—En noveno. Uno más que ella.

—He oído que su casa está en venta —dice mi madre.

—Me pregunto si él estará en venta —murmura la mayor de mis hermanas, que creo que tiene quince años, y luego las dos ríen en el asiento trasero.

Un camión cargado de consolas videojuego nos adelanta y a mis hermanas les entra una especie de frenesí.

—¡Sigue a esos videojuegos! —ordena una de ellas.

—Mamá, ¿crees que puedo pedirle a papá que me regale un Galaga por Navidad? —pregunta la otra, cepillándose su corto pelo rubio. Creo que tiene trece años.

—¿Qué es un Galaga? —pregunta mi madre.

—Una consola —responde una de ellas.

—Ya tienes un Atari —dice mi madre.

—Los Atari son muy baratos —dice mi hermana mientras le pasa el cepillo a la otra, que también tiene el pelo rubio.

—No lo sé —dice mi madre, ajustándose las gafas de sol y abriendo el techo corredizo del coche—. Tengo que cenar con él esta noche.

—Es alentador —dice la mayor de mis hermanas sarcásticamente.

—¿Y dónde lo vamos a poner? —pregunta una de ellas.

—¿Poner el qué? —pregunta mi madre.

—¡El Galaga! ¡El Galaga! —gritan mis hermanas.

—En el cuarto de Clay, supongo —responde mi madre.

Digo que no con la cabeza.

—¡Mierda! No puede ser —chilla una de ellas—. Clay no puede tener el Galaga en su cuarto. Siempre cierra su puerta con llave.

—Sí, Clay, eso me fastidia mucho —dice una de ellas con voz muy aguda.

—¿Por qué cierras tu puerta con llave, Clay?

No digo nada.

—¿Por qué cierras tu puerta con llave, Clay? —vuelve a preguntar una de ellas, no sé cuál.

Sigo sin decir nada. Pienso en agarrar una de las bolsas de MGA o de Camp Beverly Hills o una caja de zapatos de Privilege y tirarla por la ventanilla.

—Mamá, dile que me conteste. ¿Por qué cierras la puerta con llave, Clay?

Me doy la vuelta.

—Porque vosotras dos me robasteis un cuarto de gramo de cocaína la última vez que dejé la puerta abierta. Por eso.

Mis hermanas no dicen nada. En la radio ponen «Teenage Enema Nurses in Bondage» de un grupo que se llama Killer Pussy, y mi madre pregunta si tenemos que oír eso, y nadie dice nada hasta que se termina la canción. Cuando llegamos a casa, mi hermana menor me dice al pasar junto a la piscina:

—Eso es mentira. Puedo conseguirme mi propia cocaína.

El psiquiatra al que veo durante las cuatro semanas que estoy de vuelta es joven y tiene barba y conduce un 450 SL y tiene una casa en Malibu. Me siento en su consulta de Westwood, con las persianas bajadas y con las gafas de sol puestas, fumando un pitillo, solo para molestarle, y a veces lloro. A veces le grito y él me grita a mí. Le cuento que tengo todas esas extrañas fantasías sexuales y su interés aumenta de modo notable. Empiezo a reírme sin motivo y luego me encuentro mal. A veces le miento. Él me habla de su amante y de las reformas que está haciendo en su casa de Tahoe y yo cierro los ojos y enciendo otro pitillo, rechinando los dientes. A veces simplemente me levanto y me voy.

Estoy sentado en Du-par's de Studio City esperando a Blair y Alana y Kim. Me llamaron para decirme que fuera al cine con ellas, pero había tomado Valium y me dormí a primera hora de esa tarde y no habría podido llegar a tiempo de reunirme con ellas en el cine. Así que les dije que nos veríamos en el Du-par's. Estoy sentado a una mesa junto a una ventana muy grande y pido un café a la camarera, pero no me lo trae y se pone a limpiar la mesa que hay junto a la mía y coge el pedido de otra mesa. Debe ser que no quiere traerme nada porque las manos me tiemblan de mala manera. Enciendo un pitillo y me fijo en un gran montaje navideño que hay encima de la barra principal. Un Santa Claus de plástico con luces de neón sostiene un caramelo de poliestireno de un metro de largo. También hay todas esas cajas enormes verdes y rojas apoyadas contra él y me pregunto si habrá algo dentro de las cajas. Ojos enfocados de pronto en los ojos de un tipo menudo de piel oscura y mirada intensa que lleva una camiseta de los estudios Universal y está sentado dos mesas más allá de la mía. Me está mirando y bajo la vista y doy una profunda calada al pitillo. El tipo sigue mirándome y lo único que puedo pensar es que o no me ve o yo no me encuentro aquí. A la gente le da miedo mezclarse. *Me pregunto si él estará en venta.*

De repente Blair me besa en la mejilla y se sienta. También lo hacen Alana y Kim. Blair me cuenta que a Muriel la han hospitalizado hoy debido a su anorexia.

—Se desmayó en clase de cine. La llevaron al Cedars-Sinai, que no es precisamente el hospital más cercano a la U.S.C. —dice Blair de un tirón, encendiendo un pitillo.

Kim lleva unas gafas de sol de color rosa y también enciende uno y luego Alana le pide otro.

—¿Vendrás a la fiesta de Kim, Clay? Vendrás, ¿verdad? —pregunta Alana.

—Oh, sí, Clay. Tienes que ir sin falta —dice Kim.

—¿Cuándo es? —pregunto, sabiendo que Kim siempre celebra fiestas una vez por semana o algo así.

—A finales de la semana que viene —me dice, aunque comprendo que a lo mejor quiere decir mañana.

—No sé con quién ir —dice Alana de repente—. Dios mío, no sé con quién demonios ir. —Hace una pausa—. Acabo de darme cuenta.

—¿Qué pasa con Cliff? ¿Por qué no vas con Cliff? —pregunta Blair.

—Con Cliff voy yo —dice Kim mirando a Blair.

—Ah, es verdad —dice Blair.

—Bueno, pues si tú vas con Cliff, yo iré con Warren —dice Alana.

—Creía que tú salías con Warren —le dice Kim a Blair.

Miro a Blair.

—Salía, pero ya no salgo con Warren —dice Blair.

—No salías con él. Follabas —dice Alana.

—Lo que sea —dice Blair ojeando la carta, lanzándome una mirada por encima de esta y apartando enseguida la vista.

—¿Te acostaste con Warren? —pregunta Kim a Alana.

Alana mira a Blair y luego a Kim y luego a mí y dice:

—No, no me acosté. —Vuelve a mirar a Blair y luego otra vez a Kim—. ¿Y tú?

—No, pero creo que Cliff se acostaba con Warren —dice Kim, confusa durante un momento.

—Tal vez sea verdad, pero yo creía que Cliff se acostaba con esa tipa tétrica del Valle que se ha hecho punk, Didi Hellman —dice Blair.

—No, eso no es cierto. ¿Quién te lo dijo? —quiere saber Alana.

Durante un momento me doy cuenta de que yo mismo podría haberme acostado con Didi Hellman. Me doy cuenta asimismo de que también podría haberme acostado con Warren. No digo nada. Probablemente lo sepan ya.

—Te lo contó Didi —dice Blair—. ¿Fue ella la que te lo contó?

—No —dice Kim—. No me lo contó ella.

—A mí tampoco —dice Alana.

—Pues a mí sí que me lo contó —dice Blair.

—¿Y qué sabe ella? Si vive en Calabasas, por el amor de Dios —gruñe Alana.

Blair piensa en esto durante un momento y luego dice lentamente, con toda tranquilidad:

—Si Cliff se acuesta con Didi, entonces también debe de haberse acostado con… Raoul.

—¿Quién es Raoul? —preguntan Alana y Kim al mismo tiempo.

Abro la carta y finjo leerla, preguntándome si me habré acostado con Raoul. El nombre me suena.

—El otro novio de Didi. Siempre está metida en esos tríos asquerosos. Son ridículos —dice Blair cerrando su carta.

—Didi es muy ridícula —dice Alana.

—Ese Raoul es negro, ¿verdad? —pregunta Kim al cabo de un rato.

No me he acostado con Raoul.

—Sí. ¿Por qué?

—Porque creo que le conocí en una fiesta entre bastidores de The Roxy.

—Creía que se había muerto de una sobredosis.

—No, no. Es guapísimo. Creo que es el negro más guapo que he conocido jamás —dice Blair.

Alana y Kim asienten. Cierro mi carta.

—¿No es gay? —pregunta Kim, que parece interesada.

—¿Quién? ¿Cliff? —pregunta Blair.

—No. Raoul.

—Es bi. Bisexual —dice Blair. Y luego, insegura—: O eso creo.

—No creo que se haya acostado nunca con Didi —dice Alana.

—Bueno, en realidad yo tampoco —dice Blair.

—Entonces, ¿por qué sale con él?

—Cree que tener un novio negro es chic —dice Blair, aburrida de la conversación.

—¡Menuda chorrada! –dice Alana estremeciéndose con fingida repulsión.

Dejan de hablar las tres y luego Kim dice:

—No tengo ni idea de si Cliff se ha acostado con Raoul.

—Cliff se ha acostado con todo el mundo –dice Alana y pone los ojos en blanco, y Kim y Blair se ríen.

Blair me mira y trato de sonreír y entonces llega la camarera y toma nota.

Como predije, la fiesta de Kim es esta noche. Sigo a Trent a la fiesta. Trent lleva corbata cuando aparece por mi casa y me dice que me ponga una, así que me pongo una roja. Cuando nos paramos en San Pietro a comer algo antes de la fiesta, Trent se ve reflejado en una de las ventanas y hace una mueca y se quita la corbata y me dice que me quite la mía, lo cual resulta de lo más adecuado, pues en la fiesta nadie la lleva.

En la casa de Holmby Hills charlo con un montón de gente que me habla de comprar trajes en Fred Segal y de sacar entradas para conciertos y oigo a Trent contarle a todo el mundo lo mucho que se divierte en su fraternidad de la U.C.L.A. También charlo con Pierce, un amigo del instituto, y me disculpo por no haberle llamado a mi vuelta y él me dice que no importa y que estoy pálido y que le han robado el BMW nuevo que su padre le regaló por su graduación. Julian está en la fiesta y no parece tan jodido como dijo Alana: sigue bronceado como siempre, el pelo rubio y corto, tal vez algo delgado, pero en cualquier caso con buen aspecto. Julian le dice a Trent que siente haberle dado plantón en el Carney's la otra noche y que ha andado muy ocupado y yo estoy al lado de Trent, que acaba de terminar su tercer gin-tonic, y le oigo decir: «Eres un jodido irresponsable», y me aparto preguntándome si debería preguntar a Julian qué quería cuando llamó y dejó el recado, pero cuando cruzamos la mirada y vamos a decirnos hola, aparta la vista y se dirige al salón. Blair se me acerca bailando y canta «Do You Really Want to Hurt

Me?», probablemente muy colocada, y me dice que parezco contento y que se me ve bien y me da una caja de Jerry Magnim y me susurra al oído: «Feliz Navidad, so zorro», y me besa.

Abro la caja. Es un pañuelo. Le doy las gracias y digo que es realmente bonito. Ella me dice que me lo pruebe para ver cómo me queda y yo digo que los pañuelos suelen quedar bien a todo el mundo. Pero insiste y me pongo el pañuelo y ella sonríe y murmura: «Perfecto», y vuelve a la barra por otra copa. Me quedo solo con el pañuelo alrededor del cuello en un rincón del salón y entonces localizo a Rip, mi camello, y me tranquilizo al instante.

Rip lleva una especie de mono blanco y holgado que probablemente compró en Parachute, y un fedora negro muy caro, y cuando se abre paso hacia mí, Trent le pregunta si se va a tirar en paracaídas.

—¿Vas a tirarte en paracaídas? ¿Lo pillas? —repite Trent muerto de risa.

Rip se limita a mirar fijamente a Trent hasta que Trent deja de reír. Julian regresa a la otra habitación y cuando me dispongo a acercarme a él a saludarlo, Rip agarra el pañuelo que llevo alrededor del cuello y me arrastra hasta una habitación vacía. Observo que en la habitación no hay muebles y me pongo a preguntarme por qué; entonces Rip me da un golpecito en el hombro y dice riendo:

—¿Cómo coño te ha ido?

—Genial —digo—. ¿Por qué no hay muebles aquí?

—Kim se traslada —dice—. Gracias por contestar a mi llamada, capullo.

Sé que Rip no me ha llamado, pero digo:

—Lo siento, solo llevo cuatro días por aquí y… no lo sé… Pero he andado buscándote.

—Bien, pues aquí estoy. ¿En qué te puedo ayudar, colega?

—¿Qué tienes?

—¿Qué has estado haciendo por allí? —pregunta Rip, sin interés por responderme.

Saca dos papelinas del bolsillo.

—Bueno, hice un curso de arte y un curso de literatura y un curso de música…

—¿Un curso de música? —me interrumpe Rip fingiendo estar interesado—. ¿Compusiste música?

—Bueno, sí, un poco.

Me saco la cartera del bolsillo trasero del pantalón.

—Oye, he escrito algunas letras. Ponles música. Ganaremos millones.

—¿Millones de qué?

—¿Vas a volver? —pregunta Rip sin perder comba.

No digo nada, me limito a mirar el medio gramo que ha puesto encima de un espejito de bolsillo.

—Deberías quedarte… y tocar… aquí, en Los Ángeles —dice Rip riendo.

Enciende un pitillo. Hace cuatro grandes rayas con una cuchilla y luego me da un billete de veinte dólares enrollado y yo me inclino y esnifo una raya.

—¿Dónde? —pregunto, alzando la cabeza y sorbiendo ruidosamente por la nariz.

—¿Dónde va a ser? —dice Rip al tiempo que se inclina—. En la facultad. Pareces tonto.

—No lo sé. Supongo —digo mientras él agacha la cabeza y esnifa un par de rayas, largas y gruesas.

Luego me da el billete enrollado y dice:

—Lo supones.

—Sí —le contesto encogiéndome de hombros y me vuelvo a inclinar sobre el espejo.

—Bonito pañuelo. Bonito de verdad. Parece que a Blair todavía le gustas.

Rip sonríe.

—Eso parece —digo esnifando la otra raya.

—Conque eso parece, ¿eh? —dice Rip riendo.

Sonrío y me vuelvo a encoger de hombros.

—Es buena. ¿Qué tal un gramo?

—Aquí lo tienes, tío.

Me pasa una de las papelinas.

Yo le doy dos billetes de cincuenta y uno de veinte y él me devuelve el de veinte y dice:

—Regalo de Navidad, ¿vale?

—Pues muchas gracias, Rip.

—Oye, creo que deberías volver —dice guardándose el dinero—. No la jodas. No te conviertas en un vago.

—¿Como tú? —pregunto, y lamento haberlo dicho. Suena fatal.

—Como yo, tío —dice Rip.

—No sé si quiero volver allí —empiezo.

—¿A qué te refieres? ¿Cómo que no quieres volver?

—No lo sé. Las cosas no son tan distintas allí.

Rip se está poniendo inquieto y tengo la sensación de que le importa un carajo si me voy o me quedo.

—Oye, estás de vacaciones, ¿no? ¿Cuánto? ¿Un mes?

—Sí, cuatro semanas.

—Bueno, un mes. Piensa en ello.

—Lo haré.

Rip se acerca a la ventana.

—¿Ya no trabajas de dics-jockey? —pregunto, encendiendo un pitillo.

—Ya no, tío. —Pasa el dedo por el espejo y se lo frota en dientes y encías, luego se guarda el espejo en el bolsillo—. La cuestión es conseguir que las cosas sigan como están. Puede que vuelva a hacerlo cuando me canse de esto. El único problema es que me parece que no voy a cansarme nunca. —Se ríe—. Tengo un maravilloso ático en Wilshire. Es fantástico.

—¿De verdad?

—Sí. Pásate por allí.

—Lo haré.

Rip está sentado en el alféizar de la ventana y dice:

—Creo que Alana quiere follar conmigo. ¿A ti qué te parece?

No digo nada. No lo entiendo, pues Rip no se parece en nada a David Bowie, no es zurdo y no vive en la Colony.

—Bueno, ¿me la follo o qué?

—No lo sé —digo—. Claro, ¿por qué no?

Rip se aparta del alféizar y dice:

—Oye, tienes que venir a mi apartamento. He conseguido la versión pirata de *Temple of Doom*. Me costó cuatrocientos dólates. Tienes que venir, tío.

—Claro, Rip.

Nos dirigimos a la puerta.

—¿Vendrás?

—¿Por qué no?

Cuando entramos en el salón dos chicas a las que no recuerdo se me acercan y me dicen que debería llamarlas y una de ellas me habla de una noche en The Roxy y le digo que ha habido muchas noches en The Roxy y ella sonríe y me dice que de todos modos la llame. No estoy seguro de tener el teléfono de la chica, y justo cuando se lo voy a pedir Alana se me acerca y me dice que Rip la ha estado molestando y que si puedo hacer algo. Le digo que no creo. Y cuando Alana se pone a hablar de Rip, veo que el compañero de cuarto de Rip está bailando con Blair junto al árbol de Navidad. Él le susurra algo al oído y los dos ríen y asienten con la cabeza.

También está ese tipo ya mayor con el pelo gris largo y jersey de Giorgio Armani y mocasines que pasa junto a mí y Alana y se pone a hablar con Rip. Uno de los chicos de la U.S.C. que estaba en la fiesta de Blair está también aquí y mira al viejo, unos cuarenta o cuarenta y cinco años, y luego se vuelve hacia una de las chicas que conocí en The Roxy y le hace una mueca. Se da cuenta de que le estoy mirando cuando hace eso y me sonríe y yo le devuelvo la sonrisa y Alana no calla y por suerte alguien sube el volumen de la música y Prince empieza a cantar. Alana me deja cuando suena una canción que quiere bailar, y el tipo de la U.S.C., Griffin, se me acerca y me pregunta si quiero champán. Le digo que claro y él se dirige a la barra y yo busco un lavabo para hacerme una raya.

Tengo que pasar por el cuarto de Kim para llegar hasta él, pues el pestillo del lavabo del piso de abajo está estropeado, y cuando llego a la puerta Trent se me acerca y dice:

—Usa el de abajo.

—¿Por qué?

—Porque Julian y Kim y Derf están follando ahí dentro.

—¿Ha venido Derf? —pregunto.

—Ven conmigo —dice Trent.

Sigo a Trent escaleras abajo y salimos de la casa y llegamos a su coche.

—Entra —dice.

Abro la puerta y me meto en el BMW.

—¿Qué quieres? —le pregunto cuando él ocupa el asiento del conductor.

Se mete la mano en un bolsillo y saca un frasquito.

—Un poco de co-ca-í-na —dice con falso acento sureño.

No le digo que ya tengo y saca una cucharilla de oro y hunde la cucharilla en el polvo y luego se la lleva a la nariz. Lo repite cuatro veces. Luego pone en el estéreo del coche la misma cinta que sonaba en la fiesta y me pasa el frasquito y la cucharilla. Me doy los cuatro toques y los ojos se me llenan de lágrimas y trago saliva. Es una coca diferente de la de Rip y me pregunto si se la habrá pasado Julian. No es tan buena.

—¿Por qué no vamos a pasar una semana a Palm Springs mientras estás aquí?

—Sí, a Palm Springs, ¿por qué no? —le digo—. Oye, vuelvo adentro.

Dejo a Trent solo en el coche y vuelvo a la fiesta y me dirijo a la barra, donde Griffin tiene un par de copas de champán en la mano.

—Creo que está un poco desbravado —dice.

—¿Qué?

—He dicho que este champán está desbravado.

—Ah —respondo, y me quedo callado y confuso durante un rato—. Da igual.

Bebo y me sirve otra copa.

—Bueno, no está tan mal —dice después de terminar su copa y servirse otra—. ¿Quieres más?

—Claro. —Termino la segunda copa y me sirve la tercera—. Gracias.

—La chica con la que he venido se acaba de ir con ese tipo japonés con camiseta de los English Beat y pantalones blancos muy ajustados. ¿Sabes quién es?

—No.

—Es el peluquero de Kim.

—Tremendo —digo, terminando la copa de champán y mirando a Blair, que está en el otro extremo de la habitación.

Nuestras miradas se cruzan y ella sonríe y hace una mueca. Yo le devuelvo la sonrisa. Griffin lo nota y dice en voz muy alta para imponerse al ruido de la música:

—Eres el chico que sale con Blair, ¿verdad?

—Bueno, solía salir con ella.

—Creía que todavía salíais.

—Puede ser —digo sirviéndome otra copa de champán—. No lo sé.

—Ella habla mucho de ti.

—¿De verdad? Bueno… —Me patina la lengua.

No decimos nada durante largo rato.

—Me gusta tu pañuelo —dice Griffin.

—Gracias.

Apuro la copa y me sirvo otra y me pregunto qué hora será y cuánto llevo aquí. La coca está dejando de hacer efecto y empiezo a sentirme un poco borracho.

Griffin respira profundamente y dice:

—Oye, ¿por qué no vienes a mi casa? Mis padres se han ido a Roma a pasar las navidades.

Alguien cambia la cinta y yo suspiro y miro la copa de champán que él tiene en la mano. Luego termino mi copa de un trago y digo que claro, ¿por qué no?

Griffin está junto a la ventana de su dormitorio mirando la piscina. Solo lleva unos slips. Yo estoy sentado en el suelo con la espalda apoyada contra su cama, aburrido, sobrio, fumando un pitillo. Griffin me mira y lenta, desmañadamente, se quita los calzoncillos y veo que no tiene marcas del bronceado y me pongo a pensar por qué y casi me echo a reír.

Me despierto antes de que amanezca. Tengo la boca seca de verdad y duele despegar la lengua del paladar. Aprieto los ojos con fuerza tratando de volver a dormir, pero el reloj digital de la mesilla de noche dice que son las cuatro y media y solo ahora me doy cuenta de dónde estoy. Miro a Griffin, que está tumbado al otro lado de la enorme cama. No le quiero despertar, así que me levanto con el mayor cuidado posible y entro en el cuarto de baño y cierro la puerta. Echo una meada y luego me miro, desnudo, en el espejo durante un momento, y luego me inclino sobre el lavabo y abro el grifo y me echo agua en la cara. Luego me miro de nuevo en el espejo, esta vez más tiempo. Vuelvo al dormitorio y me pongo los calzoncillos, asegurándome de que no son los de Griffin, luego echo una ojeada por la habitación y me asusto porque no consigo encontrar la ropa. Luego recuerdo que la cosa empezó en el salón la noche pasada, y bajo la escalera de aquella enorme mansión cuidando de no hacer ruido y entro en el salón. Encuentro la ropa y me visto rápidamente. Cuando me estoy poniendo los pantalones, una criada negra, con una bata azul y rulos en el pelo, pasa por delante de la puerta y me mira un momento, con naturalidad, como si encontrar a un chico, de unos dieciocho años o así, poniéndose el pantalón en medio del cuarto de estar a las cinco de la mañana no fuera nada raro. Se marcha y tengo problemas para encontrar la puerta principal. Después de encontrarla y dejar la casa, me digo que en realidad la noche anterior no ha sido tan mala. Subo al coche y abro la guantera y me hago una raya, lo justo para llegar a casa. Luego cruzo la verja y enfilo por Sunset.

Pongo la radio muy alta. Las calles están totalmente vacías y voy muy deprisa. Llego a un semáforo en rojo, me tienta saltármelo, pero me detengo cuando veo un cartel que no recuerdo haber visto, y lo miro. Lo único que dice es: «Desaparezca aquí», y aunque probablemente sea un anuncio de algún hotel, me desconcierta un poco y piso el acelerador a fondo y los neumáticos chirrían cuando me alejo del semáforo. Llevo puestas las gafas de sol aunque fuera todavía no es de día y no aparto la vista del espejo retrovisor poseído por la extraña sensación de que alguien me está siguiendo. Llego a otro semáforo en rojo y entonces es cuando me doy cuenta de que me he olvidado el pañuelo que me regaló Blair en casa de Griffin.

Mi casa está en Mulholland y cuando acciono el dispositivo que abre la verja, miro hacia el Valle y contemplo el comienzo de un nuevo día, mi quinto día desde que volví, y luego cojo el camino circular y aparco el coche junto al de mi madre, que está aparcado junto a un Ferrari que no reconozco. Me quedo allí sentado escuchando el final de la letra de una canción y luego me bajo del coche y camino hasta la puerta delantera y saco la llave y abro. Subo a mi dormitorio y echo el pestillo y enciendo un pitillo y pongo la televisión y le quito el sonido y luego voy al armario y cojo un frasco de Valium que he escondido debajo de unos jerséis de cachemira. Después de mirar la pequeña píldora amarilla con un agujero en el centro, decido que en realidad no la necesito y la guardo en el frasco. Me desvisto y miro el reloj digital, de la misma marca que el reloj digital que tiene Griffin, y caigo en la cuenta de que me quedan muy pocas horas de sueño antes de ir con mi padre a almorzar, así que me aseguro de que la alarma está puesta, y me pongo a mirar intensamente la televisión, porque una vez oí que si uno mira la pantalla del televisor durante el tiempo suficiente, se duerme.

La alarma se dispara a las once. En la radio suena una canción que se titula «Artificial Insemination» y espero a que termine para abrir los ojos y levantarme. El sol entra en la habitación por las rendijas de la persiana y cuando miro el espejo me da la impresión de que tengo una pinta espantosa. Entro en el vestidor y me miro cara y cuerpo en el espejo: flexiono los músculos un par de veces, me pregunto si necesito cortarme el pelo y decido que lo que necesito es ponerme moreno. Me doy la vuelta y abro la papela, también escondida debajo de los jerséis. Me preparo dos rayas de la coca que le compré a Rip la noche pasada y las esnifo y me encuentro mejor. Aún llevo puestos los slips cuando bajo la escalera. Aunque ya son las once, no creo que todavía se haya levantado nadie y me fijo en que la puerta de mi madre está cerrada, probablemente con pestillo. Salgo y me tiro a la piscina y hago veinte largos rápidos y luego salgo, secándome mientras me dirijo a la cocina. Cojo una naranja de la nevera y la pelo mientras subo la escalera. Me como la naranja antes de meterme en la ducha y me doy cuenta de que no tengo tiempo de hacer pesas. Después vuelvo a mi habitación y pongo muy alta la MTV y me preparo otra raya y luego me dirijo al encuentro de mi padre para almorzar.

No me gusta conducir por Wilshire a la hora del almuerzo. Siempre hay demasiados coches y viejos y criadas esperando el autobús y termino por apartar la vista y fumar demasiado y poner la radio a todo volumen. Precisamente ahora no se mueve nada aunque los semáforos están en verde. Mientras espero dentro del coche, miro a la gente de los coches vecinos al mío. Siempre que estoy en Wilshire o Sunset durante la hora del almuerzo trato de establecer contacto visual con el conductor del coche que tengo más cerca, atrapado por el tráfico. Cuando esto no sucede, y habitualmente no sucede, me vuelvo a poner las gafas de sol y avanzo lentamente con el coche. Cuando entro en Sunset paso junto al cartel que he visto esta misma mañana y que dice «Desaparezca aquí», y luego aparto la vista y trato de quitarme la frase de la mente.

La oficina de mi padre está en Century City. Le espero en la enorme sala de recepción de muebles muy caros y me dedico a hablar con las secretarias, flirteando con esa rubia tan guapa. No me molesta que mi padre me haga esperar durante media hora mientras está reunido y que luego me pregunte por qué llego tarde. De hecho hoy no me apetece almorzar por ahí y preferiría ir a la playa o quedarme en la piscina, pero me muestro muy agradable y asiento sin parar y hago como que escucho todas las preguntas que me hace sobre la universidad y le contesto con toda sinceridad. Y ni siquiera me incomoda demasiado que baje el volumen de la radio y que camino de Ma Maison él ponga una cinta de Bob Seger, como si se tratara de un extraño gesto de comunicación. Tampoco me molesta que durante el almuerzo mi padre hable con un montón de hombres de negocios, ejecutivos de la industria cinematográfica que se paran junto a nuestra mesa y a quienes me presenta solo como «mi hijo», y los ejecutivos empiezan a parecer todos iguales y yo empiezo a lamentar no haber traído el resto de la coca.

Mi padre parece en bastante buena forma si uno no lo mira demasiado tiempo. Esta muy moreno y le han hecho un transplante de cabello en Palm Springs, hace dos semanas, y tiene una gran mata de pelo tirando a rubio. También se ha estirado la cara. Fui al Cedars-Sinai cuando se lo hicieron y recuerdo haberle visto con toda la cara vendada.

—¿Por qué no pides lo de siempre? —le pregunto, interesado de verdad, después de encargar los platos.

Sonríe y dice:

—El nutricionista no me lo permite.

—¡Ah!

—¿Cómo está tu madre? —pregunta.

—Está bien.

—Pero ¿está bien de verdad?

—Sí, está bien de verdad.

Por un momento tengo la tentación de hablarle del Ferrari aparcado frente a la casa.

—¿Estás seguro?

—No creo que haya nada de que preocuparse.

—Estupendo. —Hace una pausa—. ¿Todavía ve al doctor Crain?

—Ajá…

—Estupendo.

Otra pausa. Otro ejecutivo se detiene junto a nuestra mesa, luego se va.

—Bueno, Clay, ¿qué quieres por Navidad?

—Nada —digo al cabo de un rato.

—¿Quieres que te renueve la suscripción a *Variety*?

—Ya la he renovado.

Otra pausa.

—¿Necesitas dinero?

—No —le digo, sabiendo que luego me lo dará, tal vez al salir de Ma Maison o camino de su despacho.

—Se te ve muy delgado —dice.

—Bueno…

—Y pálido.

—Son las drogas —murmuro.

—No me gusta que digas eso.

Le miro y digo:

—He engordado dos kilos desde que he vuelto a casa.

—¡Oh! —dice, y se sirve una copa de vino blanco.

Luego se nos acercan otros ejecutivos. Después de despedirse, mi padre se vuelve y pregunta:

—¿Quieres ir a Palm Springs por Navidad?

Un día, hacia el final de mi último año, no fui al colegio. En vez de eso me dirigí a Palm Springs en coche. Iba solo y oía un montón de cintas antiguas que me solían gustar pero que ya no me gustaban tanto y me paré en un McDonald's de Sunland a tomar una Coca-Cola y luego entré en el desierto y aparqué frente a la casa vieja. La nueva

que había comprado la familia no me gustaba; bueno, no estaba mal,
pero no era como la vieja. La casa vieja estaba vacía y por fuera pare-
cía sucia y en ruinas y había hierbajos y una antena de televisión ha-
bía caído del tejado y cubos de basura vacíos estaban tirados por lo que
había sido el jardín delantero. La piscina estaba vacía y me asaltaron
todos esos recuerdos y tuve que sentarme con mi uniforme del colegio
en la escalera de la piscina vacía y lloré. Recordaba todos los viernes
por la noche en que llegábamos y los domingos por la noche en que nos
íbamos y las tardes pasadas jugando a las cartas junto a la piscina con
mi abuela. Pero estos recuerdos parecían desvanecerse al lado de los
cubos de basura tirados por la hierba seca y las ventanas, todas ellas
rotas. Mi tía había intentado vender la casa, pero supongo que se puso
sentimental y terminó por no venderla. Mi padre quería venderla y
se enfadó de verdad porque nadie lo hiciera. Pero se olvidaron del asun-
to y la casa nunca llegó a venderse. Aquel día no fui a Palm Springs a
dar un paseo y ver la casa. Tampoco fui porque quisiera hacer novillos
o algo por el estilo. Supongo que fui porque quería recordar cómo eran
las cosas entonces. No lo sé.

De vuelta a casa después de comer, me paro en el Cedars-Sinai
para hacerle una visita a Muriel, pues Blair me dijo que quería
verme. Está pálida de verdad y tan delgada que puedo distinguir las venas de su cuello con demasiada claridad. Tiene también profundas ojeras y la pintura de labios rosa contrasta de-
sagradablemente con la pálida piel blanca de su cara. Está
viendo un programa de gimnasia en la televisión y sobre su
cama hay varios números de *Glamour* y *Vogue* e *Interview*. Las
cortinas están corridas y me pide que las abra. Después de hacerlo, se pone unas gafas de sol y me dice que tiene mono de
nicotina y que «se está muriendo» por un pitillo. Le digo que
no tengo tabaco y ella se encoge de hombros y sube el volumen de la televisión y se ríe de la gente que hace gimnasia.
No habla mucho, lo que me parece muy bien pues yo tampoco tengo mucho que decirle.

Salgo del aparcamiento del Cedars-Sinai y hago un par de giros equivocados y termino en Santa Mónica. Suspiro, pongo la radio, unas niñas cantan algo sobre un terremoto en Los Ángeles: «My surfboard's ready for the tidal wave». Un coche se para junto al mío en el siguiente semáforo y vuelvo la cabeza para ver quién va dentro. Dos chicos en un Fiat y los dos tienen el pelo corto y poblado bigote y llevan camisa a cuadros de manga corta y chaqueta caqui y uno me lanza una mirada de absoluta sorpresa e incredulidad y le dice algo a su amigo y ahora los dos me miran. «Smack, smack, I fell in a crack.» El conductor baja la ventanilla y me pongo tenso y me pregunta algo, pero tengo el cristal subido y la música a tope y no contesto a su pregunta. Pero el conductor vuelve a preguntarme, está seguro de que soy ese tal actor. «Now I'm part of the debris», cantan las chicas de la radio. La luz se pone verde y me alejo, pero voy por el carril izquierdo y es viernes por la tarde, casi las cinco, y el tráfico está mal, y cuando llego a otro semáforo en rojo, el Fiat está otra vez a mi lado, y esas dos mariconas locas se ríen y me hacen gestos y me vuelven a hacer la misma jodida pregunta una y otra vez. Por fin hago un giro prohibido a la izquierda y salgo a una calle lateral, donde aparco y apago la radio y enciendo un pitillo.

Se suponía que Rip debía encontrarse conmigo en el Cafe Casino de Westwood, pero todavía no ha aparecido. En Westwood no hay nada que hacer. Hace demasiado calor para dar una vuelta y he visto todas las películas, algunas hasta dos veces, así que me siento bajo las sombrillas del Cafe Casino y tomo agua Perrier y zumo de uvas y observo cómo pasan los coches bajo el sol. Enciendo un pitillo y miro la botella de Perrier. Dos chicas, de dieciséis o diecisiete años, las dos con el pelo corto, están sentadas a la mesa contigua a la mía y me pongo a mirarlas y las dos empiezan a flirtear conmigo; una pela una naranja y la otra toma a sorbos un café exprés. La que pela la naranja le pregunta a la otra si debería hacerse una mecha color castaño en el pelo. La chica que toma café da un sorbo y le dice que no. La otra chica le habla de otros colores, como antracita. La chica toma otro sorbo de café y piensa un rato en eso y luego le dice que no, que debería ser roja, y si no era roja, pues violeta, pero en absoluto castaño o antracita. La miro y ella me mira y luego miro la botella de Perrier. La chica que toma café hace una pausa de un par de segundos y luego pregunta:

—¿Qué es la antracita?

Un Porsche negro con los cristales oscuros se detiene delante del Cafe Casino y Julian se apea. Me ve y, aunque parece como que no quisiera hacerlo, se acerca. Me pone la mano en el hombro y yo le estrecho la otra.

—Julian —le digo—. ¿Qué es de tu vida?

—Hola, Clay —dice—. ¿Cómo te va? ¿Cuánto hace que has vuelto?

—Solo unos cinco días —le digo. Solo cinco días.

—¿Qué haces? —me pregunta—. ¿Pasa algo?

—Estoy esperando a Rip.

Julian parece cansado de verdad y débil, pero le digo que está estupendo y él dice que yo también, aunque necesite ponerme un poco moreno.

—Oye —empieza—. Siento no haber acudido a la cita contigo y Trent en el Carney's la otra noche. He andado muy liado estos últimos cuatro días, y bueno… pues me olvidé… ni siquiera he aparecido por casa… —Se da una palmada en la frente—. Joder, tío, mi madre debe de estar de los nervios. —Se calla un momento. No sonríe—. Estoy muy cansado de lidiar con la gente. —Mira más allá de mí—. Oh, mierda, no sé.

Miro hacia el Porsche negro y trato de distinguir algo por las ventanillas tintadas y me pregunto si hay alguien más en el coche. Julian empieza a juguetear con las llaves.

—¿Quieres algo, tío? —pregunta—. Quiero decir que me sigues cayendo bien y que si necesitas algo no dejes de venir a verme. ¿De acuerdo?

—Gracias. No necesito nada, de verdad. —Callo y me siento triste—. Por Dios, Julian, ¿cómo has estado? Tenemos que vernos solos. Hace mucho que no te veo. —Me interrumpo—. Te he echado de menos.

Julian deja de juguetear con las llaves y aparta la vista.

—He estado muy bien. ¿Qué tal por...? ¡Oh, mierda...! ¿Dónde estabas? ¿En Vermont?

—No, en New Hampshire.

—Claro, claro. ¿Y qué tal?

—Muy bien. Me dijeron que habías dejado la U.S.C.

—Bueno, sí. No lo podía aguantar. Era una mierda. A lo mejor el año que viene... ya sabes.

—Sí... —digo—. ¿Has hablado con Trent?

—Mira, tío, ya le veré cuando quiera verle.

Hay otra pausa, esta vez más larga.

—¿Qué has estado haciendo? —pregunto al fin.

—¿Qué?

—¿Dónde te has metido? ¿Qué has estado haciendo?

—Bueno, no sé, por ahí. Fui a ese concierto de Tom Petty en el... Forum. Cantó esa canción. Bueno, ya sabes, esa canción que solíamos escuchar... —Julian cierra los ojos y trata de recordar la canción—. Oh, mierda. Ya sabes... —Se pone a tararear el tema y luego canta la letra—: «Straight into darkness, we went straight into darkness, out over that line, yeah straight into darkness, straight into night».

Las dos chicas nos miran. Yo miro la botella de Perrier, un poco incómodo, y digo:

—Sí, ya me acuerdo.

—Me gusta esa canción.

—Sí, también a mí —digo—. ¿Y qué más has hecho?

—Nada bueno. —Ríe—. Bueno, no sé. Salir por ahí, ya sabes.

—Me llamaste y me dejaste un recado, ¿verdad?

—Ah, sí.

—¿Qué querías?

—Olvídalo. No era nada importante.

—Venga, hombre. ¿Qué era?

—Te digo que lo olvides, Clay.

Se quita las gafas de sol y parpadea y sus ojos parecen vacíos, y lo único que se me ocurre decir es:

—¿Qué tal estuvo el concierto?

—¿Qué?

Se pone a morderse las uñas.

—El concierto. ¿Qué tal estuvo?

Mira hacia otra parte. Las dos chicas se levantan y se van.

—Una porquería, tío. Una auténtica porquería de mierda —dice al fin, y luego empieza a alejarse—. Hasta la vista.

—Hasta la vista, sí —digo, y vuelvo a mirar el Porsche y tengo la sensación de que hay alguien dentro.

Rip no aparece por el Cafe Casino y me llama más tarde, hacia las tres, y me dice que vaya a su apartamento de Wilshire. Spin, el que vive con él, está tomando el sol desnudo en la terraza y Devo suena en el estéreo. Entro en el dormitorio de Rip y todavía está en la cama, desnudo, y hay un espejo en la mesilla de noche, junto a la cama, y se está haciendo una raya de coca. Y me dice que me acerque y me siente y mire por la ventana. Me acerco a la ventana y señala al espejo y me pregunta si quiero coca y le digo que creo que no, al menos ahora.

Un chico muy joven, probablemente de dieciséis años, tal vez quince, muy bronceado, sale del cuarto de baño, se sube la cremallera de los vaqueros y se pone el cinturón. Se sienta en el borde de la cama y se calza unas botas que parecen demasiado grandes para él. El chico tiene el pelo rubio, muy corto y de punta, y una camiseta de Fear y una muñequera de piel negra con remaches. Rip no le dice nada y yo hago como si el chico no estuviera. Se pone de pie y mira a Rip y se marcha.

Desde donde estoy sentado, observo que Spin se levanta y se dirige a la cocina, todavía desnudo, y se pone a exprimir uvas en un gran vaso de cristal. Llama a Rip desde la cocina.

—¿Hiciste las reservas con Cliff en el Morton's?

—Sí, pequeño —le contesta Rip antes de esnifar la coca.

Empiezo a preguntarme por qué me habrá dicho Rip que viniera aquí en vez de vernos en cualquier otro sitio. Hay un viejo póster enmarcado de The Beach Boys colgado encima de la cama de Rip y lo miró tratando de recordar cuál es el que ha muerto, mientras Rip se mete tres rayas más. Rip echa la cabeza hacia atrás y la sacude y esnifa ruidosamente. Luego me mira y quiere saber qué hacía yo en el Cafe Casino de Westwood cuando él recuerda con claridad que me había dicho que nos veríamos en el Cafe Casino de Beverly Hills. Le digo que estoy completamente seguro de que había dicho de quedar en el Cafe Casino de Westwood.

—No, estoy seguro de que no —dice Rip—. De todos modos, da lo mismo.

—Sí, eso parece.

—¿Cuánto quieres?

Saco la cartera y tengo la sensación de que Rip tampoco fue al Cafe Casino de Berverly Hills.

Trent habla por teléfono en su habitación tratando de conseguir algo de coca de un camello que vive en Malibu, pues no ha logrado contactar con Julian. Después de hablar unos veinte minutos con el tipo cuelga el teléfono y me mira. Me encojo de hombros y enciendo un pitillo. El teléfono suena y Trent sigue diciéndome que va a ir conmigo a Westwood a ver una película, cualquier película, pues el viernes estrenan algo así como nueve películas. Trent suspira y luego descuelga el teléfono. Es el nuevo camello. La llamada no va bien. Trent cuelga y digo que a lo mejor podríamos ir a la sesión de las cuatro. Trent me dice que quizá prefiera ir con Daniel o Rip o alguno de mis «amigos maricones».

—Daniel no es maricón —digo, aburrido, cambiando el canal de la televisión.

—Todo el mundo cree que lo es.

—¿Quién, por ejemplo?

—Blair.

—Bueno, pues no lo es.

—Trata de decírselo a Blair.

—Ya no salgo con Blair. La cosa se ha terminado, Trent —le digo, procurando dar la impresión de seguridad.

—No me parece que ella piense lo mismo —dice Trent, tumbándose en la cama y mirando al techo.

Por fin le pregunto:

—¿Por qué te interesa eso?

—Creo que no me interesa.

Trent cambia de tema y me dice que debería ir con él a una fiesta que da alguien para un nuevo grupo en The Roxy. Le pregunto quién la da y me dice que no está muy seguro.

—¿Y de qué grupo se trata?

—Un grupo nuevo.

—¿Qué grupo nuevo?

—No lo sé, Clay.

El perro se pone a ladrar en el piso de abajo.

—Tal vez —le digo—. Daniel da una fiesta esta noche.

—¡Estupendo! —dice sarcásticamente—. Una fiesta de maricones.

—¡Que te den por el culo! —digo.

El teléfono vuelve a sonar.

—¡No quiero tu jodida coca! —grita Trent al teléfono después de sentarse. Se calla un momento y luego dice—: De acuerdo, ahora mismo bajo.

Cuelga el teléfono y me mira.

—¿Quién era?

—Mi madre. Llama desde el piso de abajo.

Bajamos la escalera. La criada está sentada en el salón con expresión de aturdimiento, viendo la MTV. Trent me cuenta que no le gusta limpiar cuando hay gente rondando por la casa.

—De todos modos, siempre está colocada. Mi madre se siente culpable porque mataron a toda su familia en El Salvador, pero supongo que tarde o temprano la echará.

Trent se dirige hacia la criada y ella parece nerviosa y sonríe. Trent hace esfuerzos por hablarle en español pero no consigue comunicarse con ella. Se limita a mirarle sin expresión alguna en la cara, y trata de asentir y sonríe. Trent se vuelve hacia mí y dice:

—Sí, colocada otra vez.

En la cocina, la madre de Trent está fumando un pitillo y terminándose un Tab antes de ir a un desfile de modas en Century City. Trent saca una botella de zumo de naranja de la nevera y se sirve un vaso y me pregunta si quiero uno. Le digo que no. Mira a su madre y toma un trago. Nadie abre la boca durante un par de minutos, hasta que al fin la madre de Trent dice:

—Adiós.

Trent no dice nada excepto:

—Clay, ¿quieres ir a The Roxy esta noche o qué?

—Creo que no —le respondo, preguntándome qué querría su madre.

—¿No vendrás?

—No, creo que iré a la fiesta de Daniel.

—Estupendo —dice.

Voy a preguntarle si quiere ir al cine, pero el teléfono suena en el piso de arriba y Trent sale corriendo de la cocina para contestar. Yo vuelvo al salón y miro por la ventana y veo que la madre de Trent sube a su coche y se aleja. La criada de El Salvador se pone de pie y se dirige lentamente al cuarto de baño y la oigo reír, luego vomitar y luego reírse otra vez. Trent viene al salón con aspecto de fastidio y se sienta delante de la televisión; la llamada telefónica seguramente no ha ido bien.

—Creo que tu criada está enferma o algo así —le digo.

Trent mira hacia el cuarto de baño y dice:

—Debe de haberse pasado otra vez.

Me siento en otra butaca.

—Eso parece.

—Mi madre no tardará en echarla.

Toma un sorbo de zumo de naranja y mira la MTV.

Yo miro por la ventana.

—No me apetece hacer nada —dice finalmente.

Yo decido que tampoco quiero ir al cine y me pregunto con quién iré a la fiesta de Daniel. Quizá con Blair.

—¿Te apetece ver *Alien*? —pregunta Trent con los ojos cerrados y los pies en la mesa de cristal— . Eso hará que la palme de miedo.

Decido ir con Blair a la fiesta de Daniel. Voy en coche a su casa de Beverly Hills y lleva puesto un sombrero rosa, una minifalda azul, guantes amarillos y gafas de sol y me cuenta que ese mismo día en Fred Segal alguien le ha dicho si quería formar parte de un grupo. Y habla de formar uno, tal vez algo en plan New Wave. Sonrío y digo que parece una buena idea, sin estar seguro de si no lo dirá sarcásticamente, y aprieto el volante con un poco más de fuerza.

No conozco a casi nadie de la fiesta y al final encuentro a Daniel sentado, borracho y solo, junto a la piscina. Lleva unos vaqueros negros y una camiseta blanca de los Specials y gafas de sol. Me siento junto a él mientras Blair va a por unas copas. No estoy seguro de si Daniel mira el agua o está totalmente ido, pero al final habla y dice:

—Hola, Clay.

—Hola, Daniel.

—¿Lo estás pasando bien? —me pregunta muy despacio, volviendo la cara hacia mí.

—Acabo de llegar.

—Ya. —Se queda callado un minuto—. ¿Con quién has venido?

—Con Blair. Ha ido a por unas copas. —Me quito las gafas de sol y miro su mano vendada—. Creo que piensa que tú y yo somos amantes.

Daniel sigue con las gafas de sol puestas y asiente y no sonríe.

Me vuelvo a poner las gafas.

Daniel se vuelve hacia la piscina.

—¿Dónde están tus padres? —pregunto.

—¿Mis padres?

—Sí.

—En Japón, creo.

—¿Qué han ido a hacer allí?

—De compras.

Asiento.

—Pero a lo mejor están en Aspen —dice—. No creo que importe.

Blair llega con un gin-tonic en una mano y una cerveza en la otra y me da la cerveza y enciende un pitillo y dice:

—No hables con ese tipo de la camisa Polo azul y roja. Es un estupa. —Y luego añade—: ¿Llevo las gafas ladeadas?

—No —le digo.

Y ella sonríe y luego me pone la mano en la pierna y me susurra al oído:

—No conozco a nadie. Vámonos de aquí. Ahora. —Mira a Daniel—. ¿Está vivo?

—No lo sé.

—¿Qué pasa? —Daniel se vuelve y nos mira—. Hola, Blair.

—Hola, Daniel —dice Blair.

—Nos vamos —le digo, algo excitado por el susurro de Blair y la mano enguantada en mi muslo.

—¿Por qué?

—¿Por qué? Bueno, porque... —Me vacila la voz.

—Pero si acabáis de llegar.

—Pero tenemos que irnos, de verdad.

No quiero quedarme más tiempo y la posibilidad de ir a casa de Blair me parece una buena idea.

—Quedaos un poco más.

Daniel trata de levantarse de la tumbona pero no lo consigue.

—¿Por qué?

Esto le confunde, supongo, porque no dice nada.

Blair me mira.

—Bueno… para estar aquí —dice Daniel.

—Blair no se encuentra bien —le digo.

—Además me gustaría que conocieras a Carleton y a Cecil. Ya tendrían que estar aquí pero se les ha estropeado la limusina en Palisades y…

Daniel suspira y vuelve a mirar la piscina.

—Lo siento, tío —digo levantándome—. Comeremos juntos.

—Carleton va al AFI.

—Bueno, Blair no puede… Tiene que irse. Ahora mismo.

Blair asiente con la cabeza y tose.

—A lo mejor vuelvo después —le digo, sintiéndome culpable por irme tan pronto; sintiéndome culpable por ir a casa de Blair.

—No lo harás —dice Daniel, y vuelve a suspirar.

Blair se está poniendo nerviosa de verdad y me dice:

—Oye, no me seduce la idea de pasar toda la jodida noche discutiendo. Vámonos, Clay.

Y apura lo que le queda del gin-tonic.

—Bueno, Daniel, nos vamos —digo—. Adiós.

Daniel dice que me llamará mañana.

—Podemos comer algo.

—Estupendo —digo, sin ningún entusiasmo—. Comeremos juntos.

Una vez en el coche Blair dice:

—Vámonos de aquí. Rápido.

Pienso para mí: «¿Por qué no lo dices ya?».

—¿Adónde?

Duda y dice el nombre de un club.

—Me he olvidado la cartera en casa —miento.

—Tengo un pase —dice, sabiendo que le he mentido.

—La verdad es que no quiero ir.

Sube el volumen de la radio y tararea la canción unos instantes y yo pienso que debería simplemente dirigirme a su casa. Sigo conduciendo, sin saber adónde ir. Paramos en un café de Beverly Hills y después, cuando volvemos al coche, pregunto:

—¿Adónde quieres que vayamos, Blair?

—Quiero ir a… —Hace una pausa—… a mi casa.

Estoy tumbado en la cama de Blair. En el suelo y a los pies de la cama están todos esos animales de peluche y cuando me doy la vuelta noto algo duro y cubierto de pelo, y de debajo de mí saco un gato negro de peluche. Lo dejo en el suelo y luego me levanto y me ducho. Después de secarme el pelo con una toalla, me la enrollo alrededor de la cintura y vuelvo a la habitación, y empiezo a vestirme. Blair está fumando un pitillo y viendo la MTV con el sonido muy bajo.

—¿Me llamarás antes de Navidad? —pregunta.

—Es posible.

Me pongo la chaqueta, preguntándome para empezar por qué he venido aquí.

—Todavía tienes mi número, ¿verdad?

Coge un bloc y lo anota.

—Sí, Blair, tengo tu número. Estaremos en contacto.

Me abrocho los vaqueros y me vuelvo para irme.

—¿Clay?

—Sí, Blair.

—Si no nos vemos antes de Navidad… —Se calla—. Bueno, que pases una feliz Navidad.

La miro un momento.

—Y tú también.

Coge el gato negro de peluche y le acaricia la cabeza.

Abro la puerta y me dispongo a cerrarla.

—¿Clay? —susurra Blair con fuerza.

Me detengo pero no me vuelvo:

—¿Qué?

—Nada.

Hacía mucho que no llovía en la ciudad y Blair me llamó y me dijo que podríamos ir juntos al club de la playa. Estaba demasiado cansado o colocado o hecho polvo para levantarme y salir y sentarme al ardiente sol bajo las sombrillas del club de la playa con Blair. Así que decidimos ir a Pájaro Dunes, en Monterrey, donde hacía más fresco y el mar estaba de un verde resplandeciente y mis padres tenían una casa en la playa. Fuimos en mi coche y nos instalamos en el dormitorio principal, y luego fuimos al pueblo y compramos comida y cigarrillos y velas. En el pueblo no había demasiado que hacer; había una vieja sala de cine que necesitaba una mano de pintura y gaviotas y muelles en ruinas y pescadores mexicanos que le silbaron a Blair y una vieja iglesia de la que Blair sacó fotos pero en la que no entró. Encontramos una caja de botellas de champán en el garaje y nos las bebimos todas antes de que terminara la semana. Solíamos abrir una botella a última hora de la mañana después de dar un paseo por la playa. A primera hora de la tarde hacíamos el amor, por lo general en el salón, y si no lo hacíamos en el suelo del dormitorio principal, y luego bajábamos las persianas y encendíamos las velas que habíamos comprado en el pueblo y observábamos cómo se movían nuestras sombras en las blancas paredes.

La casa era vieja y desangelada y tenía un patio y una pista de tenis, pero no jugábamos al tenis. En lugar de eso, deambulábamos por la casa de noche y poníamos discos antiguos que entonces me gustaban y nos sentábamos en el patio y bebíamos lo que quedaba de champán. No me gustaba demasiado la casa y a veces de noche tenía que salir afuera porque no podía soportar el blanco de las paredes y el negro de los azulejos de la cocina. Paseaba por la playa de noche y a veces me sentaba en la arena húmeda y fumaba un pitillo y miraba la casa con las luces encendidas y veía que en el salón Blair hablaba por teléfono con alguien que estaba en Palm Springs. Cuando regresaba los dos ya estábamos borrachos y Blair en ocasiones sugería que fuéramos a bañarnos, pero hacía frío y estaba oscuro, así que nos metíamos en el pequeño jacuzzi que había en medio del patio y hacíamos el amor.

Durante el día me sentaba en el salón y trataba de leer el San Francisco Chronicle *y ella paseaba por la playa y cogía conchas. Nos acostábamos poco antes del amanecer y despertábamos a media tarde y entonces abríamos otra botella. Un día cogimos el descapotable y fuimos a una zona apartada de la playa. Tomamos caviar y una mezcla que había preparado Blair con cebolla y huevo y queso, y compramos aquellas galletas de canela que tanto le gustaban a Blair, y seis latas de Tab, pues eso y champán era lo único que podía beber Blair, y corrimos por la orilla desierta o tratamos de nadar entre las fuertes olas.*

Pero enseguida me sentí desorientado y comprendí que había bebido demasiado, y cada vez que Blair decía algo, me sorprendía cerrando los ojos y suspirando. El agua se enfrió y la arena se puso húmeda, y Blair se sentó en el muelle que daba al mar y trataba de distinguir los barcos entre la niebla de la tarde. Luego, a través del cristal de la ventana del salón, vi que estaba haciendo solitarios, y seguí oyendo los barcos, y Blair se sirvió otra copa de champán y todo aquello me inquietaba.

Pronto se nos terminó el champán y abrí el armarito de las bebidas. Blair se puso muy morena y yo también, y hacia el final de la semana lo único que hacíamos era ver la televisión, aunque la recepción no era demasiado buena, y beber bourbon, y Blair hacía dibujos circulares con conchas en el suelo del salón. Cuando Blair, una noche en que estábamos en los extremos opuestos del salón, murmuró: «Deberíamos haber ido a Palm Springs», comprendí que era hora de volver.

Después de dejar a Blair bajo por Wilshire y luego sigo por Santa Mónica y luego por Sunset y cojo Beverly Glen hasta Mulholland, y luego de Mulholland a Sepulveda y luego de Sepulveda a Ventura y luego atravieso Sherman Oaks hasta Encino y luego llego a Tarzana y luego a Woodland Hills. Me paro en un Sambo's que está abierto toda la noche y me siento a una mesa muy grande y el viento ha empezado a soplar con tanta fuerza que las ventanas vibran y el ruido que hacen al temblar, como a punto de romperse, llena el café. Hay dos chicos en una mesa cercana a la mía, los dos con traje negro y gafas de sol, y el de la chapa de Billy Idol en la solapa da golpecitos con la mano en la mesa como si tratara de llevar el ritmo. Pero le tiembla la mano y pierde el compás y muchas veces la mano no pega en la mesa. La camarera se acerca y les da la cuenta y dice gracias y el de la chapa de Billy Idol coge la cuenta y la mira.

—¡Por el amor de Dios! ¿Es que no sabes sumar?

—Creo que está bien —dice la camarera un poco nerviosa.

—¿De verdad? —suelta el tipo.

Tengo la sensación de que va a pasar algo desagradable, pero el otro dice:

—Es igual. —Y luego—: Odio este jodido Valle.

Y saca un billete de diez dólares del bolsillo.

Su amigo se levanta, eructa, y murmura lo bastante alto para que ella le oiga:

—Jodidos habitantes del Valle. Vamos a terminar la noche a la Galleria o donde demonios sea.

Luego salen del café y se pierden en el viento.

Cuando la camarera se me acerca para ver lo que quiero, parece que tiembla de verdad.

—Pastilleros de mierda. He estado en otros sitios fuera del Valle, y allí no se ponen tan chulos —me dice.

Camino de casa me paro en un quiosco y compro una revista porno con dos chicas blandiendo fustas en la foto de la portada. Me quedo muy quieto y la calle está vacía y en silencio, y puede oírse el ruido de periódicos y revistas agitados por el viento mientras el quiosquero coloca piedras encima de los montones para que no se vuelen. También puedo oír los aullidos de los coyotes y los ladridos de los perros y las palmeras que el viento sacude en las colinas. Vuelvo al coche y el viento lo hace oscilar un momento y me alejo, calle arriba, camino de casa.

Desde la cama, esa misma noche, oigo que las ventanas tiemblan, y me pongo muy nervioso pensando que las va a arrancar el viento. Eso es lo que me despierta y me siento en la cama y miro hacia la ventana y luego echo una ojeada al póster de Elvis y sus ojos miran más allá de la ventana, a la noche, y su cara parece casi asustada ante lo que pueda estar viendo, la palabra «Trust» encima de su cara preocupada. Y pienso en aquel cartel de Sunset y en la pinta que tenía Julian en el Cafe Casino, y cuando por fin me duermo ya es el día de Nochebuena.

Daniel me llama la víspera de Navidad y me dice que ya se encuentra mejor y que la noche anterior, en su fiesta, le había sentado mal un Quaalude que le habían pasado. Daniel cree asimismo que Vanden, una chica con la que salía en New Hampshire, está embarazada. Recuerda que en una fiesta, antes de irse, ella le había mencionado algo, medio en broma. Y Daniel recibió una carta suya hace un par de días y me dice que Vanden a lo mejor no vuelve; que quizá forme un grupo de punk-rock en Nueva York que se va a llamar The Spider's Web; que seguramente está viviendo en el Village con uno de la universidad que tocaba la batería; que a lo mejor hacen su presentación en el Peppermint Lounge o el CBGB; que ella a lo mejor no vuelve a aparecer por Los Ángeles; que el niño a lo mejor no es de Daniel; que a lo mejor aborta para quitárselo de encima; que sus padres se han divorciado y su madre se ha instalado en Connecticut y que la chica a lo mejor se va con ella un mes o así, y que su padre, un pez gordo de la ABC, está preocupado por ella. Daniel me dice que la carta no estaba muy clara.

Estoy tumbado en la cama viendo la MTV, el teléfono sujeto con el hombro, y le digo que no se preocupe y luego le pregunto si sus padres han vuelto para pasar la Navidad y me dice que se han ido otros quince días y que va a pasar la Navidad en Bel Air con unos amigos. Iba a pasarla con una chica que conoció en Malibu, pero tiene mononucleosis, por lo que no cree que sea una buena idea y estoy de acuerdo con él y me pregunta si debe permanecer en contacto con Vanden y me sorprende lo mucho que me cuesta animarle a que sí y me dice que él no le ve mucho sentido y me desea feliz Navidad y colgamos.

En Nochebuena estoy sentado en el comedor principal del Chasen's con mis padres y mis hermanas y es tarde, las nueve y media o diez. En vez de comer, miro el plato y paso el tenedor por la comida y me quedo abstraído haciendo un caminito entre los guisantes. Mi padre me sobresalta al servir más champán en mi copa. Mis hermanas parecen aburridas. Están morenas y hablan de amigas anoréxicas y de un modelo de Calvin Klein y me parecen mayores de lo que recuerdo, sobre todo cuando alzan sus copas cogiéndolas por el pie y beben lentamente el champán; me cuentan un par de chistes que no entiendo y le dicen a mi padre lo que quieren por Navidad.

Hemos recogido a mi padre esa misma noche en su ático de Century City. Parecía que ya había descorchado, y bebido en su mayor parte, una botella de champán antes de que llegáramos. El ático de mi padre en Century City, al que se trasladó después de separarse de mi madre, es bastante grande y está muy bien decorado y tiene junto al dormitorio un gran jacuzzi que siempre está caliente y humea. Él y mi madre, que no se han visto demasiado desde la separación, que fue, creo, hace un año, parecían nerviosos y enfadados por tener que reunirse en vacaciones, y se han sentado uno frente al otro en el salón y solo han cruzado, creo, cinco palabras.

—¿En tu coche? —ha preguntado mi padre.

—Sí —ha dicho mi madre, mirando el pequeño árbol de Navidad decorado por la criada de mi padre.

—Bien.

Mi padre termina su copa de champán y se sirve otra. Mi madre pide pan. Mi padre se limpia la boca con la servilleta, se aclara la voz y yo me pongo tenso, pues sé que nos va a preguntar lo que queremos por Navidad, aunque mis hermanas ya se lo han dicho. Mi padre abre la boca. Yo cierro los ojos y él pregunta si alguien quiere postre. Un anticlímax total. Se acerca el camarero. Le digo que no. No miro demasiado a mis padres, me limito a pasarme la mano por el pelo, con ganas de tener algo de coca, o lo que sea, que me ayude a soportar todo esto y paseo la mirada por el restaurante, que solo está medio lleno; los clientes murmuran cosas entre ellos y oigo sus susurros y comprendo que todo esto se reduce a que soy un chico de dieciocho años con el pelo rubio y que me tiemblan las manos y he empezado a ponerme moreno y estoy medio colocado en Chasen's, en Doheny esquina Beverly, esperando a que mi padre me pregunte lo que quiero por Navidad.

Nadie habla demasiado y a nadie parece importarle, y menos que a nadie a mí. Mi padre menciona que uno de sus socios ha muerto de cáncer de páncreas hace poco y mi madre menciona que a una conocida suya, con la que jugaba al tenis, le han hecho una mastectomía. Mi padre pide otra botella —¿la tercera o la cuarta?— y habla de un negocio que tiene entre manos. La mayor de mis hermanas bosteza picoteando su ensalada. Yo pienso en Blair allí sola en su cama acariciando aquel gato negro estúpido y en el cartel que dice: «Desaparezca aquí». Y también en los ojos de Julian y me pregunto si estará vendiendo y pienso en que a la gente le da miedo mezclarse y en el aspecto que tiene la piscina por la noche, con el agua iluminada, resplandeciendo en el jardín.

Entra Jared, no con el padre de Blair, sino con una modelo muy famosa que no se quita el abrigo de pieles y Jared no se quita las gafas de sol. Otro hombre al que conoce mi padre, alguien de la Warner Brothers, se acerca a nuestra mesa y nos desea feliz Navidad. No escucho la conversación. En lugar de eso miro a mi madre, que tiene la vista clavada en su copa y una de mis hermanas le cuenta un chiste y ella no lo entiende y pide más bebida. Me pregunto si el padre de Blair sabrá que Jared está en Chasen's esta noche con una modelo muy famosa. Espero no tener que hacer esto nunca más.

Salimos de Chasen's y las calles están vacías y el aire continúa siendo seco y caliente y el viento sigue soplando. En Little Santa Mónica hay un coche volcado. Tiene las ventanillas rotas y cuando pasamos junto a él mis hermanas estiran el cuello para ver mejor y le dicen a mi madre, que es la que conduce, que aminore la marcha y mi madre no lo hace y mis hermanas se quejan. Llegamos a Jimmy's y mi madre detiene el Mercedes y nos bajamos y el aparcacoches se lo lleva y nos sentamos en un sofá junto a una mesa baja en la zona en penumbra del bar. Jimmy's está casi vacío; si se exceptúan unas cuantas parejas en la barra y otra familia que está sentada frente a nosotros, en el bar no hay nadie. Un pianista toca «September Song» y canta suavemente. Mi padre se queja de que no toque villancicos. Mis hermanas van al lavabo y cuando vuelven nos dicen que han visto un lagarto en uno de los cubículos y mi madre dice que no las entiende.

Me pongo a flirtear con la mayor de las chicas de la familia que está frente a nosotros y me pregunto si nuestra familia se parecerá a la suya. La chica se parece un montón a una chica con la que estuve saliendo algún tiempo en New Hampshire. Tiene el pelo rubio y muy corto y ojos azules y está morena, y cuando se da cuenta de que la miro aparta la vista sonriendo. Mi padre pide un teléfono, y le traen uno con un cable larguísimo y mi padre llama a su padre, que está en Palm Springs, y todos le deseamos unas felices navidades y yo me siento como un idiota al decir «Feliz Navidad, abuelo» ante aquella chica.

Camino de casa, después de dejar a mi padre en su ático de Century City, con la cara pegada al cristal de la ventanilla del coche miro las luces del Valle, flotando y serpenteando hacia las colinas mientras nos dirigimos a Mulholland. Una de mis hermanas se ha tapado con el abrigo de pieles de mi madre y se ha dormido. La verja se abre y el coche entra en el camino de acceso. Mi madre aprieta el botón que cierra la verja y trato de desearle feliz Navidad, pero no me acaban de salir las palabras y la dejo allí sentada en el coche.

Navidad en Palm Springs. Siempre hacía calor. Hasta cuando llovía seguía haciendo calor. Una Navidad, la Navidad pasada, después de que todo hubiera terminado, después de dejar la antigua casa, hacía más calor del que la mayoría podía recordar. Nadie podía creer que hiciera tanto calor como el que hacía; sencillamente era imposible. Pero el termómetro del Security National Bank en Rancho Mirage marcaba 43, 44 y 46 grados, y todo lo que yo podía hacer era quedarme mirando los números, negándome a creer que pudiera hacer aquel calor infernal. Pero entonces miraba hacia el desierto y notaba el aire ardiente que me azotaba la cara, y veía que el sol brillaba tanto que los cristales de mis gafas no filtraban su luz y que las señales de tráfico metálicas se retorcían, fundiéndose de hecho por el calor, y comprendía que debía creerlo.

Durante la Navidad las noches no eran mejores. Era de día hasta las siete y el cielo seguía color naranja hasta las ocho y los vientos ardientes soplaban por los desfiladeros filtrándose desde el desierto. Cuando ya era de noche de verdad todo estaba muy oscuro pero seguía haciendo muchísimo calor y algunas noches cruzaban el cielo aquellas nubes blancas tan raras que desaparecían al amanecer. Entonces todo estaba en silencio. Era muy raro conducir con 42 grados a la una o las dos de la madrugada. Casi no había coches y si aparcabas a un lado de la carretera y apagabas la radio y bajabas las ventanillas, no se oía nada. Solo percibía mi propia respiración ronca y seca. Pero nunca podía quedarme demasiado tiempo, porque de pronto me veía los ojos en el espejo retrovisor, rojos, asustados, y algo me aterraba de verdad y tenía que volver a casa rápidamente.

Solía salir temprano por la mañana. Pasaba el tiempo junto a la piscina tomando polos de plátano y leyendo el Herald Examiner. *Entonces había algo de sombra en la parte de atrás de la casa y todo estaba en silencio, a no ser por el ocasional zumbido de las abejas grandes y amarillas de alas enormes, o las negras libélulas, que pronto se estrellaban contra el agua de la piscina enloquecidas por aquel calor.*

Las Navidades del año anterior en Palm Springs me tumbaba en la cama desnudo, y ni con el aire acondicionado encendido, con el chorro frío dirigido hacia mí, y una cubitera al lado de la cama, con hielos que enrollaba en una toalla, conseguía refrescarme. Visiones de que recorría la ciudad en coche y sentía el aire ardiente en los hombros y veía el calor emergiendo del desierto me hacían sentir un agobio terrible que me obligó a levantarme e ir al piso de abajo. Luego salí al jardín y fui hasta la piscina en mitad de la noche y traté de fumar un canuto aunque casi no podía ni respirar. De todos modos me lo fumé, solo para conciliar el sueño. Me quedé fuera mucho rato. Había esos extraños ruidos y luces en la puerta de al lado, y entonces subí a mi habitación y eché el pestillo y por fin me dormí.

Cuando me desperté por la tarde, bajé y mi abuelo me dijo que por la noche había oído cosas raras y cuando le pregunté qué eran esas cosas tan raras, dijo que no lo sabía muy bien y se encogió de hombros y finalmente añadió que probablemente se trataba de imaginaciones suyas. El perro se pasaba las noches enteras ladrando, y cuando me levantaba a hacerle callar parecía fuera de sí. Los ojos desorbitados, jadeante, tembloroso. Así que apenas me levantaba a ver por qué ladraba el perro y me cerraba con pestillo en la habitación y me ponía una toalla húmeda y fresca sobre los ojos. Al día siguiente, junto a la piscina, había un paquete de Lucky Strike vacío. En la familia nadie fumaba. Al día siguiente mi padre puso cerraduras nuevas en todas las puertas y mi madre y mis hermanas desmontaron el árbol de Navidad mientras yo dormía.

Un par de horas después me llama Blair. Me dice que hay una foto de su padre y ella en un estreno en el último número de *People*. También me dice que está borracha y que en la casa no hay nadie pues su familia ha ido a una sala de proyecciones a ver unos rollos de la nueva película de su padre. También me dice que está desnuda y en la cama y que me echa de menos. Me pongo a dar vueltas por la habitación, nervioso, mientras la escucho. Luego me miro en el espejo del armario. Saco la caja de zapatos que hay en un rincón de mi armario y miro dentro mientras hablo por teléfono con Blair. En la caja están todas aquellas fotos: una de Blair y mía en el baile del instituto; otra nuestra en Disneyland la noche de la fiesta de graduación; otras dos de una fiesta en Palm Springs; una foto de Blair en Westwood, que saqué yo un día que salimos pronto del instituto, con las iniciales de Blair en el dorso. También encontré una foto mía, con vaqueros y sin camisa ni zapatos, tumbado en el suelo con las gafas de sol puestas, el pelo mojado, y pienso en quién la habrá sacado y no consigo recordarlo. La aliso un poco e intento mirarme a mí mismo. Pienso un rato en eso y luego la dejo a un lado. Hay más fotos en la caja pero no soporto mirarlas, viejas instantáneas de fotomatón de Blair y de mí, así que meto la caja en el armario.

Enciendo un pitillo y pongo la MTV y quito el sonido. Pasa una hora. Blair sigue hablando, me cuenta que todavía le gusto y que deberíamos vernos y que solo porque no nos hayamos visto en cuatro meses no es motivo para que rompamos. Le digo que ya hemos estado juntos, y le menciono la noche anterior. Ella dice ya sabes a lo que me refiero y empiezo a sentir miedo allí, sentado en la habitación, oyéndola hablar. Miro el reloj. Son casi las tres. Le digo que no me acuerdo de cómo era nuestra relación antes y trato de llevar la conversación a otro terreno. Intento hablar de películas o de conciertos o de lo que ha hecho ese día, o de lo que yo he hecho esa noche. Cuando cuelgo el teléfono casi es de día, el día de Navidad.

Es el día de Navidad por la mañana y estoy ciego de coca, y una de mis hermanas me ha regalado una agenda muy bonita y muy cara encuadernada en piel. Tiene unas páginas grandes y blancas y las fechas están impresas en la parte superior con letras de oro y plata. Le doy las gracias y la beso y todo eso y ella se ríe y se sirve otra copa de champán. Un verano intenté llevar una agenda al día, pero la cosa no funcionó. Me hice un lío enseguida y anoté cosas solo por escribir algo y terminé por comprender que no tenía tantas cosas que hacer como para llevar una agenda. Por eso sé que esta tampoco la voy a utilizar y que probablemente me la lleve cuando vuelva a New Hampshire y la dejaré encima de mi mesa tres o cuatro meses, sin estrenar. Mi madre nos observa sentada en el borde del sofá del salón y bebe champán. Mis hermanas abren sus regalos con soltura, indiferentes. Mi padre tiene un aspecto pulcro y adusto y extiende cheques para mis hermanas y para mí y me pregunto por qué no lo habrá hecho antes, pero me olvido de todo eso y miro por la ventana; al viento ardiente que sopla fuera. El agua de la piscina se ondula.

Es el viernes después de Navidad y hace un sol de justicia y decido que debo ocuparme de mi bronceado así que quedo con un montón de gente –Blair y Alana y Kim y Griffin– en el club de la playa. Llego al club antes que los demás y, mientras el empleado me aparca el coche, me siento en un banco a esperarlos, contemplando la extensión de arena que toca el agua, allí donde termina la tierra. Desaparezca aquí. Me quedo mirando el océano hasta que aparece Griffin en su Porsche. Griffin conoce al aparcacoches y habla con él un par de minutos. Enseguida llega Rip en su nuevo Mercedes y también parece conocer al aparcacoches, y cuando le presento a Rip a Griffin ambos se ríen y me dicen que ya se conocían y me pregunto si se habrán acostado juntos y siento un mareo y tengo que sentarme en el banco. Alana y Kim y Blair aparecen en el Cadillac descapotable de alguien.

–Hemos almorzado en el club de campo –dice Blair, apagando la radio–. Kim se ha perdido.

–No me he perdido –dice Kim.

–No se creía que me acordara de dónde estaba este sitio y hemos tenido que parar en una estación de servicio a preguntar y Kim le ha pedido el número al tipo que trabaja allí.

–Es que el tío está muy bueno –exclama Kim.

—¿Y qué? Pone gasolina —suelta Blair bajando del coche. Está muy guapa con su traje de baño de una pieza—. Fíjate en lo que te digo. Se llama Moose.

—Me da igual cómo se llame. Está pero que muy bueno —insiste Kim.

Griffin ha traído ron y Coca-Cola y ya en la playa bebemos lo que queda. Rip se quita prácticamente el traje de baño dejando al aire la parte que no tiene morena. No me extiendo crema solar suficiente en las piernas y el pecho. Alana ha traído un radiocasete portátil y pone sin parar la misma canción; conversación sobre el nuevo álbum de Psychedelic Furs; Blair cuenta que Muriel acaba de salir del Cedars-Sinai; Alana dice que ha llamado a Julian para preguntarle si quería venir pero no había nadie en casa. De vez en cuando la conversación se interrumpe y todos nos concentramos en lo que queda de sol. Suena un tema de Blondie, y Blair y Kim le piden a Alana que suba el volumen. Griffin y yo nos levantamos para ir a los vestuarios. Deborah Harry pregunta: «¿Dónde está mi ola?».

—¿Algo va mal? —pregunta Griffin mirándose al espejo una vez que hemos entrado en el vestuario.

—Me noto tenso —le contesto echándome agua en la cara.

—Todo se arreglará —dice Griffin.

Y allí, al volver a la playa, bajo el sol, mirando el Pacífico creer a Griffin parece posible de verdad. Pero estoy quemado por el sol y cuando me paro en Gelson's a comprar pitillos y una botella de Perrier, encuentro un lagarto en el asiento delantero. El cajaro habla de estadísticas de asesinatos y por algún motivo me mira y me pregunta si me encuentro bien. No le contesto y me limito a salir rápidamente del supermercado. Cuando llego a casa me ducho, pongo el estéreo y esa noche no consigo dormir; las quemaduras del sol me molestan y la MTV me da dolor de cabeza y me tomo unos Nembutales que Griffin me ha pasado en el aparcamiento del club de la playa.

A la mañana siguiente me despierto tarde oyendo el estruendo de Duran Duran que llega del cuarto de mi madre. La puerta está abierta y mis hermanas están tumbadas en la enorme cama, en traje de baño, hojeando números atrasados de GQ, mientras ven una película porno en el Betamax con el sonido quitado. Me siento en la cama, también en traje de baño, y me dicen que mamá ha salido a almorzar y que la criada ha ido a la compra y miro la película durante diez minutos, preguntándome de quién será: ¿de mi madre? ¿De mis hermanas? ¿El regalo de Navidad de algún amigo? ¿Del dueño del Ferrari? ¿Mía? Cuando el tío se corre una de mis hermanas dice que le parece horrible y bajo la escalera, salgo a la piscina, hago mis largos.

Cuando tenía quince años y aprendí a conducir, en Palm Springs, cogía el coche de mi padre mientras él y mi madre dormían, y mis hermanas y yo recorríamos el desierto a altas horas de la noche. Sonaban Fleetwood Mac o los Eagles, a todo volumen, la capota bajada, y soplaban vientos ardientes que doblaban a las palmeras, en silencio. Y una vez mis hermanas y yo cogimos el coche y era una noche en que no había luna y el viento soplaba con fuerza, y me acababan de dejar en casa después de una fiesta que no había resultado demasiado divertida. El McDonald's adonde nos dirigimos estaba cerrado a causa de un corte de electricidad por culpa del viento y yo estaba cansado y mis hermanas se peleaban y volvía a casa cuando vi lo que tomé por una hoguera, a un kilómetro más o menos carretera abajo. Pero cuando me acerqué vi que no era una hoguera, sino un Toyota aparcado de modo extraño, atravesado en la carretera. El capó abierto, salían llamas del motor. Tenía roto el parabrisas y una mexicana lloraba sentada en el bordillo de la carretera. Había dos o tres niños, también mexicanos, de pie detrás de ella. Miraban el fuego, boquiabiertos ante las llamas que el viento agitaba y me pregunté por qué no se habría parado ningún otro coche a ayudarles. Mis hermanas dejaron de reñir y me dijeron que detuviera el coche para mirar mejor. Tuve ganas de parar, pero no lo hice. Reduje la marcha y luego aceleré alejándome rápidamente y volví a poner la cinta que habían quitado mis hermanas cuando vieron las llamas, y puse la música muy alta, y me salté todos los semáforos en rojo hasta llegar a casa.

No sé por qué el fuego me conmocionó, pero lo hizo, y tuve visiones de un niño que aún no estaba muerto y ardía entre las llamas. A lo mejor había salido despedido por el parabrisas y había caído sobre el motor, y les pregunté a mis hermanas si les parecía haber visto a un niño envuelto en llamas y me dijeron que no, ¿y a ti?, tampoco, y al día siguiente busqué en los periódicos para asegurarme de que no se había quemado nadie. Y esa misma noche, más tarde, sentado junto a la piscina, pensé en aquello hasta que por fin me dormí, pero no antes de que se fuera la luz a causa del viento y la piscina quedara a oscuras.

Y recuerdo que por entonces empecé a coleccionar crónicas de sucesos de los periódicos: una de un niño de doce años que había matado accidentalmente de un tiro a su hermano en Chino; otra de un tipo de Indio que clavó a su hijo a una pared, o a una puerta, no recuerdo bien, y luego disparó contra él, alcanzándole en medio de la cara; y otra sobre un viejo que prendió fuego a una casa y mató a veinte personas; y otra de un ama de casa que cuando llevaba a sus hijos al colegio se lanzó con el coche por un precipicio de más de veinte metros que hay cerca de San Diego; ella y sus tres niños murieron al instante; y otra de un hombre que atropelló a propósito a su ex mujer cerca de Reno y la dejó paralítica del cuello para abajo. Recorté un montón de esas crónicas de sucesos durante una temporada porque, supongo, había un montón de ellas que recortar.

Es sábado por la noche y algunos sábados por la noche, cuando no hay ninguna fiesta a la que ir ni conciertos en los alrededores y parece que todo el mundo ha visto todas las películas, la mayoría de la gente se queda en casa e invita a los amigos a que se pasen por allí y habla por teléfono. A veces aparece alguno y charla un rato y toma una copa y luego se sube de nuevo al coche y se dirige a casa de otro. Algunos sábados por la noche hay tres o cuatro personas que van en coche de casa en casa desde más o menos las diez de la noche hasta poco antes del amanecer del día siguiente. Aparece Trent y me cuenta que «un par de princesitas judías histéricas» de Bel Air han visto lo que según ellas es una especie de monstruo, un hombre lobo. Al parecer una de sus amigas ha desaparecido. Esa noche en Bel Air se organiza una batida para buscarla y no encuentran nada a excepción —y ahora Trent hace una mueca de disgusto— del cuerpo mutilado de un perro. Las «princesitas judías», que según dice Trent están «realmente fuera de sí», fueron a pasar la noche a casa de un amigo en Encino. Trent dice que probablemente habían bebido demasiado Tab y tuvieron una reacción alérgica. Seguramente, digo yo, pero la historia me deja inquieto. Después de que se vaya Trent trato de hablar con Julian, pero no contesta nadie y me pregunto dónde estará y después de colgar el teléfono estoy completamente seguro de que hay alguien gritando en la casa más próxima a la nuestra, desfiladero abajo, y cierro la ventana. También oigo ladrar al perro en la parte de atrás, y la KROQ que emite viejas canciones de los Doors, y *La guerra de los mundos* en el canal trece, y cambio a un programa religioso donde uno de esos predicadores grita: «Deja que Dios te utilice. Dios quiere utilizarte. Túmbate y deja que Dios te utilice». «Túmbate —sigue gritando—. Que te use, que te use.» Tomo ginebra con hielo en la cama y me imagino que oigo ruido de alguien que quiere entrar. Pero Daniel dice, al teléfono, que probablemente sean mis hermanas que andan buscando algo de beber. Resulta difícil creer a Daniel esta noche; en las noticias oigo que la noche pasada han apaleado a tres personas hasta matarlas, y me paso la mayor parte de la noche mirando por la ventana que da a la parte de atrás, buscando hombres lobo.

En la nueva casa de Kim, en las colinas que dominan Sunset, la verja está abierta pero no parece que haya demasiados coches aparcados. Blair y yo subimos en dirección a la puerta principal, llamamos y pasa mucho tiempo antes de que nos abran. Por fin abre Kim, que lleva unos vaqueros descoloridos muy estrechos, botas altas de cuero negro y una camiseta blanca, y fuma un canuto. Le da una calada antes de abrazarnos y decir: «Feliz Año Nuevo». Luego nos lleva a una habitación de techo muy alto de la entrada y nos cuenta que hace tres días que se ha instalado allí y que «Mamá está en Inglaterra con Milo» y que todavía no han tenido tiempo de amueblar la casa. Pero en el suelo hay moqueta, nos dice, y resulta muy agradable, y no le pregunto por qué cree que es tan agradable. Nos cuenta que la casa es bastante vieja, que el dueño anterior era nazi. En los patios hay de esos tiestos enormes, tiestos con arbolitos y esvásticas pintadas.

—Los llaman tiestos nazis —dice Kim.

La seguimos al piso de abajo, donde solo hay unas doce o trece personas. Kim nos cuenta que al parecer los Fear vendrán a tocar esta noche. Nos presenta a Blair y a mí a Spit, que es amigo del batería, y Spit tiene la piel muy blanca, más pálida que la de Muriel, y el pelo corto y grasiento y un pendiente con una calavera y ojeras muy oscuras, pero Spit está loco y después de saludarnos le dice a Kim que tiene que hacer algo con respecto a Muriel.

—¿Por qué? —pregunta Kim inhalando el humo del porro.

—Porque la muy puta ha dicho que tengo pinta de muerto —dice Spit con los ojos muy abiertos.

—Vamos, Spit —dice Kim.

—Dice que huelo a animal muerto.

—Venga, Spit, olvídalo —dice Kim.

—Sabes que ya no tengo animales muertos en mi habitación.

Y mira hacia Muriel, que está al final de la larga barra, riéndose, con un vaso de ponche en la mano.

—Es una chica maravillosa, Spit —dice Kim—. Lo que pasa es que toma sesenta miligramos de litio diarios. Solo está cansada. —Dirigiéndose a nosotros, añade—: Su madre le acaba de comprar un Porsche de cincuenta y cinco mil dólares. —Después se vuelve de nuevo hacia Spit—. ¿No te parece increíble?

Spit asiente y dice que tratará de olvidarlo y que va a elegir los discos que pondrá y Kim le dice:

—Muy bien. —Y luego, antes de que llegue al equipo—. Oye, Spit, no molestes a Muriel. Estate tranquilo. Acaba de salir del Cedars-Sinai y en cuanto se emborrache estará bien. Solo anda un poco de los nervios.

Spit no le hace caso y coge un viejo disco de Oingo Boingo.

—¿Puedo poner este o no?

—¿Por qué no lo dejas para más tarde?

—Oye, Kim-ber-ly, estoy empezando a aburrirme —dice apretando los dientes.

Kim saca un porro del bolsillo trasero y se lo da.

—Tranquilo, Spit.

Spit le da las gracias y luego se sienta en el sofá junto a la chimenea, con una enorme bandera americana desplegada encima, y mira el canuto un buen rato antes de encenderlo.

—Bueno, pues vosotros dos tenéis un aspecto fabuloso —dice Kim.

—Tú también —dice Blair.

Yo asiento. Estoy cansado y un poco colocado y en realidad no quería venir, pero Blair ha aparecido por casa y hemos ido a darnos un baño y luego nos hemos acostado y Kim ha llamado.

—¿Va a venir Alana? —pregunta Blair.

—No. —Kim niega con la cabeza y da otra calada al porro—. Ha ido a Springs.

—¿Y qué hay de Julian? —pregunta Blair.

—A saber. Al parecer anda demasiado ocupado por Beverly Hills, follándose abogados por dinero.

Kim suspira, luego se ríe.

Estoy a punto de preguntarle qué quiere decir con eso cuando de pronto la llama alguien y Kim dice:

—¡Vaya! ¡Mierda! Acaba de llegar el chico con la bebida.

Y se aleja y más allá de la enorme piscina iluminada veo Hollywood; lleno de luces bajo un cielo neón púrpura. Y Blair me pregunta si estoy bien y yo le digo que claro.

Un chico de unos dieciocho o diecinueve años trae una gran caja de cartón y la deja en la barra y Kim firma algo y le da la propina y el chico dice: «Feliz Año Nuevo, amigos», y se marcha. Kim saca una botella de champán de la caja, la descorcha con destreza y grita:

—Que todo el mundo coja una botella. Es Perrier-Jouet. Está frío.

—Me has convencido, so bicho —dice Muriel acercándose y abrazando a Kim, que le pasa una botella—. Spit me ha estado poniendo verde, ¿no? —añade abriendo su botella—. Hola, Blair, hola, Clay.

—Está muy pasado de vueltas —dice Kim—. Le ha dado un aire o algo así.

—Es un subnormal. Fijaos en lo que me ha dicho: «En el colegio iba muy bien hasta que me echaron». ¿Qué os parece? ¿Y qué coño quería decir? —pregunta Muriel—. Además el muy idiota usa un soplete para prepararse la cocaína base.

Kim se encoje de hombros y toma otro trago.

—Muriel, tienes un aspecto estupendo —dice Blair.

—Oh, Blair, tú sigues tan fabulosa como de costumbre —dice Muriel tomando un trago—. Dios mío, Clay, deberías regalarme ese chaleco.

Bajo la vista mientras descorcho mi botella. El chaleco es el escocés de cuadros grises y blancos, con algunos de un rojo más oscuro.

—Parece como si te hubieran acuchillado o algo así. Deja que me lo ponga, por favor —me dice Muriel tocando el chaleco.

Sonrío y la miro y entonces me doy cuenta de que habla totalmente en serio y estoy demasiado cansado para decir que no, así que me lo quito y se lo doy y ella se lo pone y dice riendo:

—Te lo devolveré. No te preocupes, que te lo devolveré.

Hay un fotógrafo molesto de verdad que no deja de hacer fotos a todo el mundo. Se dirige hacia alguien y le enfoca con la cámara y luego le saca dos o tres fotos. Se me acerca y el flash me deja ciego durante un segundo y tomo otro trago de la botella de champán. Kim se pone a encender velas por toda la habitación y Spit pone un disco de X y alguien empieza a colgar globos en una de las paredes vacías, y los globos, medio hinchados, penden allí, flácidos. La puerta que da a la piscina y a la terraza está abierta y de ella también cuelgan un par de globos y salimos a la piscina.

—¿Qué es de tu madre? —pregunta Blair—. ¿Ya no sale con Tom?

—¿Dónde has oído eso? ¿Lo leíste en *The Inquirer*? —se ríe Kim.

—No, vi una foto suya en el *Hollywood Reporter*.

—Está en Inglaterra con Milo, ya te lo he contado —dice Kim mientras nos acercamos al agua iluminada—. Por lo menos eso leí en *Variety*.

—¿Y tú? —pregunta Blair empezando a sonreír—. ¿Con quién sales?

—*Moi?* —ríe Kim y luego menciona a un famoso actor con el que me parece que fui al colegio; no me acuerdo.

—Ya lo había oído por ahí. Solo quería comprobarlo.

—Es verdad.

—No estaba en la fiesta de Navidad que diste —dice Blair.

—¿No estaba? —Kim parece preocupada—. ¿Estás segura?

—No estaba —dice Blair—. ¿Le viste tú, Clay?

—No, no le vi —contesto sin recordar.

—Es muy raro —dice Kim—. Seguramente estaba rodando exteriores.

—¿Cómo es?

—Muy agradable. Realmente encantador.

—¿Y qué pasa con Dimitri?

—Bueno, nada —dice Kim.

—¿Lo sabe? —pregunta Blair.

—Es probable. No estoy segura.

—¿No crees que le molestará?

—Mira, Jeff solo es una aventura. El que me gusta es Dimitri.

Dimitri está sentado junto a la piscina tocando una guitarra y está muy moreno y tiene el pelo rubio muy corto y se limita a estar sentado en la tumbona tocando unos extraños acordes espectrales y luego se pone a tocar el mismo riff una y otra vez y Kim le mira y no dice nada. El teléfono suena dentro y Muriel grita, agitando las manos:

—Es para ti, Kim.

Kim entra y voy a preguntarle a Blair si se quiere ir, pero Spit, fumando todavía el canuto, se acerca a Dimitri con un surfista y dice:

—Heston tiene un ácido estupendo.

El surfista que está con Spit mira a Blair y le guiña un ojo y entonces ella me da una palmadita en el culo y enciende un pitillo.

—¿Dónde está Kim? —pregunta Spit al no obtener respuesta de Dimitri, que se limita a mirar la piscina mientras rasguea la guitarra.

Luego Dimitri nos mira a los cuatro que estamos de pie a su alrededor y durante un momento parece que va a decir algo. Pero no dice nada, solo suspira y vuelve a mirar el agua.

Una joven actriz entra con un productor muy conocido, al que me presentaron una vez en una de las fiestas del padre de Blair, y echan una ojeada a la reunión y luego se dirigen hacia Kim, que vuelve después de hablar por teléfono y les dice que su madre está en Inglaterra con Milo. El productor dice que según sus últimas noticias estaba en Hawai y luego dicen algo de que a lo mejor Thomas Noguchi se deja caer por aquí y luego la actriz y el productor se van y Kim se dirige hacia donde estamos Blair y yo y nos dice que quien llamaba era Jeff.

—¿Qué te ha dicho? —pregunta Blair.

—Es un mamón. Está en Malibu con un surfista, y no tienen intención de salir de casa.

—Entonces, ¿qué quería?

—Desearme feliz Año Nuevo.

Kim parece contrariada.

—Bueno, eso está bien —dice Blair esperanzada.

—Lo que dijo fue: «Que tengas un feliz Año Nuevo, zorra» —dice Kim, y enciende un pitillo.

La botella de champán que tiene en la mano está casi vacía. Parece que va a echarse a llorar o a decir algo cuando se acerca Spit y dice que Muriel se ha encerrado en el cuarto de Kim, así que Kim y Spit y Blair y yo entramos, vamos al piso de arriba, llegamos al descansillo que da al cuarto de Kim y esta trata de abrir la puerta, pero está cerrada.

—Muriel —llama Kim golpeando la puerta.

No contesta nadie.

Spit da puñetazos a la puerta, luego patadas.

—No me jodas la puerta, Spit —dice Kim, y luego grita—: Muriel, abre.

Miro a Blair y parece preocupada.

—¿Crees que está bien?

—No lo sé —dice Kim.

—¿Qué hace ahí dentro? —quiere saber Spit.

—¿Muriel? —vuelve a gritar Kim.

Spit enciende otro porro y se apoya en la pared. Aparece el fotógrafo y nos saca fotos. La puerta se abre poco a poco y aparece Muriel con pinta de haber estado llorando. Deja que Spit, Kim, Blair y el fotógrafo y yo entremos en la habitación y luego cierra la puerta y echa el pestillo.

—¿Te encuentras bien? —pregunta Kim.

—Estoy bien —dice ella, secándose la cara.

La habitación está a oscuras, si se exceptúan un par de velas que hay un rincón, y Muriel se sienta junto a una de las velas, donde también hay una cuchara y una jeringuilla y una papelina con polvo parduzco y un poco de algodón. En la cuchara ya hay algo de material y Muriel hace una bola lo más pequeña posible con el algodón y la pone en la cuchara y clava la aguja en el algodón y llena la jeringuilla. Luego se levanta la manga, coge un cinturón en la oscuridad y se lo ata alrededor del antebrazo. Distingo marcas de pinchazos y miro a Blair, que está mirando fijamente el brazo.

—¿Qué pasa aquí? —pregunta Kim—. Muriel, ¿qué estás haciendo?

Muriel no dice nada, se limita a darse unos golpecitos en el brazo buscándose una vena y miro mi chaleco y me aterra ver que parece como si hubieran acuchillado a alguien o algo así.

Muriel coge la jeringuilla y Kim susurra:

—No lo hagas.

Pero le tiemblan los labios y parece excitada y distingo el comienzo de una sonrisa y tengo la sensación de que no quiere decir eso, y cuando la aguja se clava en el brazo de Muriel Blair se levanta y dice:

—Me marcho.

Sale de la habitación. Muriel cierra los ojos y la jeringuilla se llena poco a poco de sangre.

—Tío, esto es la hostia —dice Spit.

El fotógrafo saca una foto.

Me tiemblan las manos cuando enciendo un pitillo.

Muriel se echa a llorar y Kim le acaricia la cabeza, pero Muriel sigue llorando y babeando con pinta de ir a echarse a reír y tiene la pintura de labios toda corrida y el maquillaje emborronado.

A las doce de la noche Spit trata de lanzar algunos cohetes pero solo consigue que se eleven un par de ellos. Kim abraza a Dimitri, quien no parece enterarse ni que le importe, y deja la guitarra a un lado y mira fijamente la piscina y once o doce personas estamos de pie junto a la piscina y alguien quita la música para que podamos oír los ruidos de la ciudad celebrando el Año Nuevo, pero no hay demasiado que oír y sigo mirando hacia el cuarto de estar, donde Muriel está tumbada en un sofá, fumando un pitillo, con las gafas de sol puestas, viendo la MTV. Lo único que oigo son ventanas que se abren y perros que empiezan a ladrar y estalla un globo y Spit deja caer una botella de champán y la bandera americana que cuelga como una cortina encima de la chimenea se mueve con el aire caliente y Kim se levanta y enciende otro canuto.

—Feliz Año Nuevo —me susurra Blair, y luego se quita los zapatos y mete los pies en el agua luminosa y caliente.

Los Fear no se presentan y la fiesta termina pronto.

Y en casa esa misma noche, en determinado momento de la madrugada, estoy sentado en mi cuarto viendo programas religiosos en la televisión por cable porque me he cansado de ver vídeos, y en la pantalla hay dos tipos de esos, curas, tal vez predicadores, cuarenta, quizá cuarenta y cinco años, con traje de hombres de negocios y corbata, hablando de discos de Led Zeppelin, diciendo que si se hacen girar al revés «contienen alarmantes pasajes sobre el demonio». Uno de los tipos se levanta y rompe el disco por la mitad y dice: «Y créanme, en cuanto cristianos temerosos de Dios, ¡no permitiremos esto!». Luego el tipo se pone a hablar de que le preocupa que aquello pueda resultar perjudicial para los jóvenes. «Y los jóvenes son el futuro de esta nación», grita, y luego rompe otro disco.

—Julian quiere verte —dice Rip al teléfono.
—¿A mí?
—Sí.
—¿Te ha dicho para qué? —pregunto.
—No. No tenía tu número y lo quería, así que se lo he dado.
—¿No tenía mi número?
—Eso ha dicho.
—No creo que me llame.
—Ha dicho que necesitaba hablar contigo. Oye, no me gusta hacer de correveidile, tío, así que deberías estarme agradecido.
—Gracias.
—Ha dicho que hoy iría al Teatro Chino a eso de las tres y media. Puedes verte con él allí, supongo.
—¿Y qué va a hacer él allí?
—¿Tú qué crees?

Decido ir a ver a Julian. Me dirijo al Teatro Chino de Hollywood Boulevard y miro las huellas de los pies durante un rato.

Excepto una pareja de jóvenes, no de Los Ángeles, que sacan fotos de las huellas, y un tipo oriental con pinta sospechosa que está junto a la taquilla, no se ve a nadie por allí. El portero muy rubio y bronceado que está junto a la puerta me dice:

—Oye, yo te conozco. Hace un par de diciembres, en una fiesta en Santa Mónica, ¿verdad?

—No lo creo —le contesto.

—Sí, hombre. En una fiesta de Kicker. ¿Te acuerdas?

Le digo que no me acuerdo y luego le pregunto si tienen abierto el bar. El portero dice que sí y me deja entrar y pido una Coca-Cola.

—La película ya ha empezado —me dice el portero.

—Muy bien. Pero no quiero ver la película —le respondo.

El oriental de pinta sospechosa no deja de mirar el reloj y por fin se marcha. Termino la Coca-Cola y espero hasta las cuatro. Julian no aparece.

Subo al coche y me dirijo a casa de Trent, pero Trent no está, así que me siento en su cuarto y pongo una película en el Betamax y llamo a Blair y le pregunto si quiere hacer algo esta noche, ir a algún club o al cine, y ella dice que tal vez, y me pongo a escribir en una hoja de papel que hay junto al teléfono, copiando números de teléfono.

—Julian quiere verte —me dice Blair.

—Ya. Me lo han dicho. ¿Te ha dicho para qué?

—No sé para qué te querrá ver. Solo ha dicho que quería hablar contigo.

—¿Tienes su número? —pregunto.

—No. Cambiaron todos los números de la casa de Bel Air. Creo que debe de estar en la casa de Malibu. Pero no estoy segura… Probablemente no quiera verte para eso.

—Bueno —empiezo—, a lo mejor me paso por la casa de Bel Air.

—Bien.

—Si quieres hacer algo esta noche me llamas, ¿vale? —le digo.

–De acuerdo.

Hay un largo silencio y Blair dice de acuerdo otra vez y cuelga.

Julian no está en la casa de Bel Air, pero en la puerta hay una nota que dice que puede que esté en una casa de King's Road. Julian tampoco está en la casa de King's Road, pero un tipo con aparato dental y el pelo rubio platino muy corto y en traje de baño está levantando pesas en la parte de atrás de la casa. Deja una de las pesas y enciende un pitillo y me pregunta si quiero un Quaalude. Le pregunto dónde está Julian. Hay una chica en una tumbona junto a la piscina, rubia, borracha, que dice con una voz de enorme fatiga:

–Julian puede estar en cualquier sitio. ¿Te debe dinero?

La chica ha sacado un televisor y está viendo una película de cavernícolas.

–No –le contesto.

–Eso está bien. Prometió pagarme un gramo de coca que le pasé. –Sacude la cabeza–. No. Nunca me lo pagó.

Vuelve a sacudir la cabeza, muy despacio. Tiene la voz espesa, una botella de ginebra, medio vacía, a su lado.

El levantador de pesas me pregunta si quiero comprar una copia pirata de *Temple of Doom*. Le digo que no y luego le pido que le diga a Julian que me he pasado por allí. El levantador de pesas mueve la cabeza como si no entendiera y la chica le pregunta si ha conseguido pases de backstage para el concierto de Missing Persons.

–Sí, guapa –dice él, y ella se lanza a la piscina.

Unos cavernícolas se despeñan por unos riscos y yo me abro.

Camino del coche me tropiezo con Julian. Está pálido a pesar del bronceado y no parece en buenas condiciones y me da la sensación de que está a punto de desmayarse, allí de pie con su pinta de medio muerto, pero abre la boca y dice:

—Hola, Clay.

—Hola, Julian.

—¿Te apetece colocarte un poco?

—Ahora no.

—Me alegra que hayas venido.

—Me han dicho que querías verme.

—Sí.

—¿Qué quieres? ¿Pasa algo?

Julian baja la vista y luego me mira entornando los ojos debido al sol poniente y dice:

—Necesito dinero.

—¿Para qué? —le pregunto al cabo de un rato.

Mira al suelo, se pasa la mano por la nuca y dice:

—Oye, vamos a la Galleria, ¿de acuerdo? Vamos.

No quiero ir a la Galleria y tampoco quiero prestarle dinero a Julian, pero es una tarde soleada y no tengo otra cosa que hacer, así que sigo a Julian hasta Sherman Oaks.

Estamos sentados a una mesa de la Galleria. Julian picotea una hamburguesa con queso sin comer realmente. Coge una servilleta y la usa para apartar el ketchup. Yo tomo una Coca-Cola. Julian dice que necesita dinero en efectivo.

—¿Para qué? —pregunto.

—¿Quieres unas patatas fritas?

—¿Me lo vas a decir o no?

—Es para un aborto.

Da un mordisco a la hamburguesa y yo cojo la servilleta llena de ketchup y la dejo en la mesa que tenemos detrás.

—¿Para un aborto?

—Sí.

—¿De quién?

Tras una larga pausa, Julian dice:

—De una chica.

—Ya me lo imaginaba. Pero ¿quién?

—Vive con unos amigos míos en Westwood. Oye, ¿puedes prestarme el dinero o no?

Miro a la gente que anda por el primer piso de la Galleria, justo debajo de nosotros, y me pregunto lo que pasaría si dejara caer la Coca-Cola encima de ellos.

—Sí —respondo al fin—. Supongo que sí.

—Estupendo —dice Julian aliviado.

—¿No tienes nada de dinero? —pregunto.

Julian me mira y dice:

—Bueno… en este momento no. Pero lo voy a tener y… Lo que pasa es que será demasiado tarde, ya sabes. Y no me gustaría tener que vender el Porsche. Sería un lío tremendo. —Hace una larga pausa con la hamburguesa en la mano—. Solo por un aborto.

Suelta una risa forzada.

Le digo a Julian que dudo que tenga que vender su Porsche para pagar un aborto.

—¿Para qué es de verdad? —le pregunto.

—¿Qué quieres decir? —replica poniéndose a la defensiva—. Es para un aborto.

—Julian, eso es mucho dinero para un aborto.

—Bueno, el médico es caro —dice lentamente y con voz débil—. La chica no quiere ir a una de esas clínicas. No sé por qué. Pero el caso es que no quiere.

Suspiro y me apoyo en el respaldo de la silla.

—Te lo juro por Dios, Clay. Es para un aborto.

—Vamos, Julian…

—Tengo tarjetas de crédito y una cuenta corriente, pero creo que mis padres me las han congelado. Lo único que necesito es algo de dinero en efectivo. ¿Vas a dejarme el dinero o no?

—Sí, Julian, te lo voy a dejar, pero quisiera saber para qué es.

—Ya te lo he dicho.

Nos levantamos y vamos a dar una vuelta. Pasan dos chicas y nos sonríen. Julian les devuelve la sonrisa. Nos paramos en una tienda de ropa punk y Julian coge un par de botas de policía y las mira atentamente.

—Son muy raras —dice—. Me gustan.

Las deja y luego empieza a morderse las uñas. Coge un cinturón de cuero negro y lo mira atentamente. Y entonces recuerdo al Julian de quinto grado que jugaba al fútbol conmigo a la salida del colegio, y luego a él y a Trent y a mí yendo a la montaña rusa al día siguiente del cumpleaños de Julian, que cumplía once.

—¿Te acuerdas de cuando íbamos a quinto? —le pregunto—. ¿Y del Sports Club, a la salida del colegio?

—No me acuerdo —dice Julian.

Coge otro cinturón de cuero, lo deja y luego nos vamos de la Galleria.

Esa tarde, después de que Julian me pida el dinero y me diga que se lo lleve a su casa dentro de dos días, vuelvo a casa y suena el teléfono y es Rip, que me pregunta si he conseguido localizar a Julian. Le contesto que no y Rip me pregunta si quiero algo. Le digo que quiero siete gramos. Se queda callado largo rato y luego dice:

—Seiscientos.

Miro el póster de Elvis Costello y luego la ventana y luego cuento hasta sesenta. Rip todavía no ha dicho nada cuando termino de contar.

—Muy bien —digo.

—Muy bien —dice Rip—. Mañana. Quizá.

Me levanto y voy hasta una tienda de discos y deambulo por los pasillos mirando los discos, pero no encuentro nada que me apetezca y no tenga ya. Cojo unos cuantos discos nuevos y miro las fundas y antes de darme cuenta ha pasado una hora y fuera casi es de noche.

Spit entra en la tienda y casi choco con él, le digo hola, le pregunto por Kim, pero me fijo en las marcas de su brazo y salgo de la tienda preguntándome si Spit me recuerda. Cuando me dirijo hacia el coche, veo a Alana y Kim y a ese tipo rubio rockabilly llamado Benjamin que vienen en mi dirección. Es demasiado tarde para darme la vuelta, así que sonrío y voy a su encuentro y los cuatro terminamos en un japonés de Studio City.

En el japonés de Studio City Alana no habla mucho. No deja de mirar su Coca-Cola light y de encender pitillos para, después de unas pocas caladas, apagarlos. Cuando le pregunto por Blair, me mira y dice:

—¿De verdad lo quieres saber? —Y luego, con una sonrisa lúgubre, añade—: Es como si de verdad te importase.

Dejo de prestarle atención y me pongo a hablar con ese tal Benjamin, que va a Oakwood. Al parecer le han robado su BMW y dice que ha tenido muchísima suerte porque ha encontrado un BMW 320i nuevo del mismo color verde que el que le había comprado su padre.

—Quiero decir… no puedo creer que lo haya encontrado. ¿No te parece?

—Sí, parece increíble —le contesto mirando a Alana.

Kim le da un trozo de sushi a Benjamin y luego él toma un trago del sake que ha conseguido con su documento de identidad falso, y se pone a hablar de música.

—New Wave. Power Pop. Primitive Muzak. Todo eso es una mierda. Lo único que cuenta es el rockabilly. Y no me refiero a esos maricones de los Stray Cats. Hablo de rockabilly de verdad. Voy a ir a Nueva York en abril para ver cómo anda la escena rockabilly. No estoy muy seguro de que la cosa vaya muy bien por allí. Tal vez en Baltimore.

—En Baltimore, claro —digo.

—Sí. A mí también me gusta el rockabilly —dice Kim, limpiándose las manos con la servilleta—. Pero todavía estoy con los Psychedelic Furs y me gusta esa canción nueva de Human League.

—Los Human League están muy pasados —dice Benjamin—. Acabados. Muertos. No sabes de qué va el rollo ahora, Kim.

Kim se encoge de hombros. Me pregunto qué habrá sido de Dimitri; si Jeff seguirá liado con el surfista de Malibu.

—Bueno, no quiero decir que no lo sepas —continúa Benjamin—. Pero apuesto lo que sea a que ni siquiera lees *The Face*. La tienes que leer. —Enciende un cigarrillo de clavo—. Tienes que leer esa revista.

—¿Por qué? —pregunto.

Benjamin me mira, se pasa la mano por el tupé y dice:

—Porque si no te aburrirás.

Yo digo que supongo que sí, y luego hago planes con Kim para vernos esa misma noche en su casa con Blair y luego voy a casa y salgo a cenar con mi madre. Cuando volvemos me meto debajo de la ducha y me siento en el suelo y dejo que el agua me caiga encima con toda la fuerza posible.

Voy a casa de Kim y encuentro a Blair sentada en la cama de Kim con la cabeza metida en una bolsa de esas de Jurgenson's y cuando entro, su cuerpo se pone todo tenso y se vuelve, sobresaltada, y apaga el equipo a tientas.

—¿Quién es?

—Soy yo —le digo—. Clay.

Se quita la bolsa de la cabeza y sonríe y me cuenta que tiene hipo. Hay un perro muy grande a los pies de Blair y me agacho y acaricio la cabeza del perro. Kim sale del cuarto de baño, da una calada al pitillo que está fumando Blair y luego lo tira al suelo. Vuelve a poner el equipo. Suena una canción de Prince.

—Jesús, Clay, parece que vayas de ácido o algo así —dice Blair encendiendo otro pitillo.

—Acabo de cenar con mi madre —le cuento.

El perro apaga el cigarrillo con la pata y luego se lo come.

Kim habla de un antiguo novio suyo que una vez tuvo un viaje realmente malo.

—Se tomó el ácido y al mes y medio todavía no le había bajado. Sus padres lo mandaron a Suiza.

Kim se vuelve hacia Blair, que está mirando al perro. El perro se traga el resto del cigarrillo.

—¿Qué tal estoy? —nos pregunta Kim.

Blair asiente y dice que se quite el sombrero.

—¿Tú crees? —me pregunta Kim, indecisa.

—Claro, ¿por qué no?

Suspiro y me siento en la cama de Kim.

—Es pronto. ¿Por qué no vamos al cine? —dice Kim, mirándose al espejo, y se quita el sombrero.

Blair se levanta y dice:

—Es una buena idea. ¿Qué ponen?

El perro tose y vuelve a tragar.

Vamos en coche a Westwood. La película que quieren ver Kim y Blair empieza a las diez y trata de un grupo de chicas de una fraternidad universitaria a las que degüellan y tiran a una piscina. No estoy demasiado atento a la película, solo a las partes más sangrientas. Mis ojos van de la pantalla a los dos rótulos verdes de «Salida» que hay encima de las dos puertas del cine. La película termina bruscamente y Kim y Blair se quedan a ver los títulos de crédito y reconocen un montón de nombres. Al salir, Blair y Kim ven a Lene, y Blair me agarra del brazo y dice:

—¡Oh, no!

—Vamos a dar la vuelta, por favor —dice Kim con voz apremiante—. No le digáis que hoy la hemos visto en la MV3.

—Demasiado tarde. —Blair sonríe—. Hola, Lene.

Lene está demasiado morena y solo lleva unos vaqueros descoloridos y una de esas camisetas casi transparentes de Hard Rock Cafe y va con un chico rubio muy joven que también está demasiado moreno y lleva gafas de sol y pantalones cortos y Lene grita:

—Oh, Dios mío. Blair. Kimmy.

Lene y Blair se abrazan y luego Lene y Kim se abrazan y hacen como que se besan en las mejillas.

—Os presento a Troy —dice Lene.

—Os presento a Clay —dice Blair, apoyando su brazo en mi hombro.

—Hola, Troy —digo yo.

—Hola, Clay —dice él.

Nos damos la mano, los dos sin fuerza, y las chicas parecen encantadas.

—Oh, Dios mío, Blair, Troy y yo hemos salido hoy en la MV3. ¿Lo has visto? —pregunta Lene.

—No —dice Blair con tono de decepción, y mira a Kim un momento.

—¿Y tú? —pregunta Lene a Kim.

Kim niega con la cabeza.

—Yo tampoco me he podido ver. En realidad, creo que solo me he visto una vez, pero no estoy segura. ¿Me has visto tú, Troy?

Troy niega con la cabeza y se mira las uñas.

—Troy también salía, pero no me cogieron cuando bailaba con Troy. En vez de eso, las cámaras siguieron a una puta del Valle que estaba bailando cerca de Troy.

Saca un pitillo y busca un encendedor.

—Tal vez vuelvan a ponerlo y puedas verte mejor —dice Blair con una sonrisa casi forzada.

—Claro, suelen repetirlo todo —dice Kim con otra sonrisa forzada y mirando a Troy.

—¿De verdad? —pregunta Lene esperanzada.

Le enciendo el pitillo.

—Sí, lo repiten todo —dice Blair—. Todo.

No llegamos al Nowhere Club. Kim se pierde y ha olvidado la dirección, así que vamos al Barney's Beanery y nos sentamos allí en silencio y Kim habla de su fiesta y yo juego al billar y cuando Blair pide una copa, la camarera le pide un documento de identidad y Blair saca uno falso y la camarera trae la copa y Blair se la pasa a Kim, que la bebe muy deprisa y dice a Blair que le pida otra. Y las dos hablan de lo mal que ha salido Lene en MV3.

Trent me llama la noche siguiente y me dice que está deprimido: se le ha terminado la coca y no consigue dar con Julian; tiene problemas con una chica.

—Anoche fuimos a esa fiesta en las colinas... —empieza Trent, y luego se interrumpe.

—¿Y qué? —pregunto, tumbado en la cama y viendo la televisión.

—Bueno, no sé, creo que vio a alguien... —Vuelve a interrumpirse—. Total, que no acabamos juntos. Anduve por ahí...

Hay otra larga pausa.

—Anduviste por ahí... ¿y qué? —pregunto.

—¿Por qué no vamos al cine? —dice de pronto Trent.

Tardo un rato en contestar, porque en la televisión salen unos edificios desplomándose a cámara lenta y en blanco y negro.

Camino del Beverly Center, Trent fuma un porro y dice que esa chica vive cerca del Beverly Center y que me parezco algo a ella.

—Estupendo —digo yo.

—Las chicas andan todas jodidas. Especialmente esa. Jodida del todo. Le pega a la cocaína. Y a ese medicamento que se llama Preludin. Una especie de anfeta. Dios.

Le da otra calada al canuto y me lo pasa y luego baja el cristal de la ventanilla y mira el cielo.

Aparcamos y luego atravesamos el Beverly Center, vacío y resplandeciente. Todas las tiendas están cerradas y cuando vamos al piso de arriba, donde están los cines, la blancura de los techos y las paredes resulta cegadora y cruzamos a toda prisa el vestíbulo y no vemos a nadie hasta que llegamos a los cines. Hay una pareja remoloneando junto a la taquilla. Sacamos las entradas y bajamos al vestíbulo de la sala trece y Trent y yo somos las únicas personas que hay en ese vestíbulo y nos fumamos otro porro dentro de la pequeña y estrecha sala.

Cuando salimos del cine, a los noventa minutos, o puede que a las dos horas, una chica con el pelo rosa y patines colgando de los hombros se acerca a Trent.

—Trent, Dios mío. ¿No encuentras que este sitio es para echarse a gritar? —vocifera la chica.

—Hola, Ronnette, ¿qué haces por aquí?

Trent está completamente colocado; se ha pasado durmiendo la segunda mitad de la película.

—Dando una vuelta.

—Ronnette, te presento a Clay. Clay, te presento a Ronette.

—Hola, Clay —dice ella, flirteando—. ¿Qué película habéis visto?

Abre un chicle Bazooka y se lo mete en la boca.

—Esto… la sala número trece —dice Trent, fuera de combate, con los ojos enrojecidos y medio cerrados.

—¿Cómo se titula? —pregunta Ronnette.

—Lo he olvidado —dice Trent, y me mira.

Yo también lo he olvidado y me encojo de hombros.

—Oye, Trent, necesito ir a un sitio. ¿Has venido en coche? —pregunta la chica.

—No, bueno, sí. Hemos venido en el de Clay.

—Clay, ¿podrías llevarme, por favor?

—Claro.

—Fabuloso. Voy a ponérmelos y nos vamos.

Al atravesar el centro comercial, un guardia de seguridad que está sentado en un banco blanco fumando un pitillo le dice a Ronnette que el Beverly Center no es una pista de patinaje.

—Demasiado —dice Ronnette, y se aleja patinando.

El guardia se queda allí sentado y da otra calada al pitillo y mira cómo nos vamos.

Una vez en mi coche, Ronnette nos dice que acaba de cantar, en realidad ha hecho coros, en el nuevo álbum de Bandarasta.

—Pero no me gusta Bandarasta. Por alguna razón, siempre me llama «Halloween». Y no me gusta que me llamen «Halloween». No me gusta nada.

No le pregunto quién es Bandarasta; en vez de eso le pregunto si ella es cantante.

—Bueno, a veces. Pero en realidad soy peluquera. Verás, tuve el mono y me echaron de la uni y ahora ando por ahí. También pinto… ¡Oh, Dios! Ahora que me acuerdo, me he dejado unos dibujos en la casa de Devo. Creo que quieren usarlos en un vídeo. En fin… —Se ríe y para y hace un globo con el chicle y lo explota—. ¿Qué me preguntabas? Lo he olvidado.

Veo que Trent se ha dormido y le doy un codazo en el estómago.

—Estoy despierto, tío… Estoy despierto.

Baja el cristal de su ventanilla.

—Cla-ay —dice Ronnette—. ¿Qué me preguntabas? Se me ha olvidado.

—¿A qué te dedicas? —pregunto irritado, tratando de mantenerme despierto.

—Ah, eso. Corto el pelo en Flip. Sube el volumen. Me encanta esa canción. Van a tocar en The Palace el viernes.

—Trent, despierta, capullo —digo en voz alta por encima de la música.

—Estoy despierto, tío, estoy despierto. Solo tengo los ojos cansados.

—Ábrelos —le digo.

Los abre y mira a su alrededor en el coche.

—Te queda muy bien el pelo —le dice a Ronnette.

—Me lo teñí yo. Tuve un sueño muy raro, ¿sabes?, en el que vi cómo el mundo entero se deshacía. Yo estaba en La Cienega y desde allí veía el mundo entero y se deshacía y era algo muy fuerte y muy realista. Así que pensé: si el sueño se vuelve realidad, ¿qué podría hacer para evitar que el mundo se deshiciera? ¿Entiendes?

Asiento con la cabeza.

—¿Qué podría hacer para que las cosas sean de otro modo? Así que pensé que si me hacía un agujero en la oreja, o cambiaba de aspecto físico, o me teñía el pelo, el mundo a lo mejor no se deshacía. Conque me teñí el pelo y este rosa dura. Me gusta. Dura. Y ya no creo que el mundo se vaya a deshacer.

Su tono no me tranquiliza y casi no puedo creer que esté asintiendo con la cabeza como si la entendiera, pero me paro en el Danny's Okie Dog en Santa Mónica y ella se baja del pequeño asiento trasero del Mercedes y se sienta en la acera y se ríe mientras nos alejamos. Le pregunto a Trent dónde la conoció. Pasamos junto al cartel de Sunset. Desaparezca aquí. Me pregunto si estará en venta.

—Por ahí —dice Trent—. ¿Te apetece un porro?

Al día siguiente voy a la casa de Julian en Bel Air con el dinero en un sobre verde. Está tumbado en la cama con un traje de baño mojado viendo la MTV. La habitación está a oscuras; la única luz es la de las imágenes en blanco y negro de la televisión.

—Traigo el dinero —le digo.

—Estupendo.

—No necesitas contarlo. Está todo.

—Gracias, Clay.

—¿Para qué es realmente, Julian?

Julian mira el vídeo hasta que se termina y luego se vuelve hacia mí.

—¿Por qué?

—Porque es mucho dinero.

—Entonces, ¿por qué me lo prestas? —pregunta, pasándose la mano por el pecho suave y bronceado.

—Porque eres amigo mío.

Suena como si le estuviera haciendo una pregunta. Bajo la vista.

—Claro —dice Julian, volviendo a mirar la televisión.

Empieza otro vídeo.

Julian se duerme.

Me marcho.

Rip me llama y me dice que por qué no nos quedamos en La Scala Boutique, comemos algo, una ensalada o así, y hablamos de negocios. Voy a La Scala y encuentro aparcamiento en la parte de atrás y me quedo sentado en el coche hasta que termina la canción de la radio. Una pareja que está esperando detrás de mí en un Jaguar azul oscuro cree que me voy a marchar, pero hago como que no los veo. Me quedo allí sentado un poco más y al final la pareja del Jaguar toca el claxon y se va. Me bajo del coche y entro en el restaurante y me siento en la barra y pido una copa de vino tinto. Cuando la termino, pido otra y al llegar Rip ya me he bebido tres copas.

—Hola, ¿cómo va todo?

Miro la copa.

—¿Has traído eso?

—Oye, chaval. —Cambia el tono—. Te he preguntado cómo te van las cosas. ¿Vas a contestarme o no?

—Todo va bien, Rip.

—Estupendo. Eso es precisamente lo que quería oír. Termina ese vino y vamos a una mesa, ¿de acuerdo?

—De acuerdo.

—Tienes buen aspecto.

—Gracias —le digo. Me termino el vino y dejo un billete de diez dólares en la barra.

—Y un bronceado estupendo —me dice cuando nos sentamos.

—¿Has traído eso? —pregunto.

—Tranquilo, chico —dice Rip, mirando la carta—. Hace calor. Mucho calor. Como el verano pasado.

–Sí.

Una vieja, que lleva una sombrilla, cae de rodillas al otro lado de la calle.

–¿Te acuerdas del verano pasado? –me pregunta.

–No muy bien.

Junto a la vieja se han parado unas cuantas personas y llega una ambulancia, pero la mayor parte de los clientes de La Scala no parecen reparar en ello.

–Sí, seguro que te acuerdas.

El verano pasado. Cosas que recuerdo del verano pasado. Ir a clubes: The Whire, Nowhere Club, Land's End, el Edge. Un albino en el Canter's a las tres de la mañana. Un enorme cráneo verde que mira de reojo a los que pasan en coche desde un cartel en Sunset, con capucha, un gran copón en la mano, dedos huesudos atrayendo a la gente. Un travesti con una blusa de tirantes que vi en una película. Vi a un montón de travestis ese verano. Una cena con Blair en Morton's, en la que me dijo que no fuera a New Hampshire. Un enano al que vi subir a un Corvette. Un concierto de las Go-Go's al que fui con Julian. Una fiesta en casa de Kim un domingo por la tarde que hacía mucho calor. Los B-52s en el estéreo. Gazpacho, chiles en Chasen's, hamburguesas, daiquiris de plátano, helados. Double Rainbow. Dos chicos ingleses tumbados junto a la piscina que me dicen que les gusta mucho trabajar en Fred Segal. Todos los chicos ingleses que conocí ese verano trabajaban en Fred Segal. Un chico francés, con el que se acostó Blair, fumando un porro, los pies en el jacuzzi. Un gran rotweiller negro muerde el agua y largos en la piscina. Rip lleva un ojo de plástico en la boca. Sigo mirando pasar las palmeras, contemplando el cielo.

Se supone que esta noche va a tocar alguien en The Palace, pero Blair está borracha y Kim divisa a Lene en la puerta y las dos refunfuñan y Blair da la vuelta al coche. Una chica llamada Angel iba a venir con nosotros, pero por la tarde se ha quedado enganchada en el desagüe de su jacuzzi y casi se ahoga. Kim dice que han vuelto a abrir The Garage en algún lugar de La Brea, y Blair se dirige a La Brea y luego baja por la Brea y vuelve a subir y no consigue encontrarlo. Blair se ríe y dice:

—Esto es ridículo.

Luego pone una cinta de Spandau Ballet y sube el volumen.

—Vamos al puñetero Edge —grita Kim.

Blair se echa a reír y luego dice:

—De acuerdo.

—¿Tú qué opinas, Clay? ¿Vamos al Edge o no? —pregunta Kim.

Yo voy en el asiento de atrás, borracho, y me encojo de hombros, y cuando llegamos al Edge tomo otro par de copas.

Esta noche el DJ del Edge no lleva camisa, lleva piercings en los pezones y un sombrero de vaquero de cuero y entre canción y canción suelta: «Hip-hip hurra». Kim me dice que está claro que el DJ no puede decidir si es una camionera o un New Wave. Blair me presenta a una de sus amigas, Christie, que sale en un nuevo programa de televisión de la ABC. Christie está con Lindsay, que es alto y se parece mucho a Matt Dillon. Lindsay y yo subimos al servicio y esnifamos un poco de coca en uno de los cubículos. En el espejo, encima del lavabo, alguien ha escrito con letras negras: «Leyes de la condenación».

Después de salir del servicio, Lindsay y yo nos sentamos en la barra de arriba y me cuenta que en la ciudad no hay demasiados sitios a los que ir. Asiento, mientras miro las luces estroboscópicas de la gran pista de baile. Lindsay me enciende el pitillo y habla, pero la música está muy alta y no consigo oír casi nada de lo que dice. Un surfista se me echa encima y sonríe y me pide fuego. Lindsay le da fuego al chico y le devuelve la sonrisa. Luego se pone a hablar de que en los últimos cuatro meses no ha conocido a nadie que tenga más de diecinueve años.

—Es algo desquiciante —grita por encima del sonido de la música.

Lindsay se levanta y dice que acaba de ver a su camello y que tiene que hablar con él. Me quedo en la barra y enciendo otro pitillo y pido otra copa. También hay una chica gorda sentada sola en la barra vacía. Trata de hablar con el barman que, como el DJ, va sin camisa y baila solo detrás de la barra al son de la música que despide el equipo de sonido del club. La chica gorda bebe Tab con una pajita y lleva un montón de maquillaje encima y unos pantalones rojos de Calvin Klein y unas botas de vaquero. El barman no la escucha y tengo esta imagen suya: la veo sentada sola en una habitación esperando a que suene el teléfono. La chica gorda pide otro Tab. Abajo la música se interrumpe y el DJ anuncia que dentro de quince días habrá una fiesta de minifaldas en la playa, en The Florentine Gardens.

—Esto está muy animado —le dice la chica gorda al barman.

—¿Cómo? —pregunta el barman.

La chica baja la vista, avergonzada, y paga y se levanta y se abrocha el botón de arriba de los pantalones y se aleja de la barra, y en algún momento, más tarde esa noche, caigo en la cuenta de que voy a pasar en casa otras dos semanas.

El psiquiatra al que voy me dice que tiene una idea nueva para un guión. En vez de escuchar, pongo la pierna por encima del brazo de la enorme butaca de cuero negro y enciendo otro pitillo. El tipo sigue hablando y al cabo de un par de frases se pasa los dedos por la barba y me mira. Tengo las gafas de sol puestas y no está seguro de que le esté mirando. El psiquiatra habla un poco más y muy pronto no importa nada lo que dice. Hace una pausa y me pregunta si le quiero ayudar a escribirlo. Le digo que no me interesa. El psiquiatra dice:

—Clay, ya sabes que tú y yo hemos hablado bastante de que deberías mostrarte más activo y no ser tan pasivo, y creo que sería una buena idea que me ayudaras a escribirlo. Por lo menos el borrador.

Murmuro algo, le echo el humo del cigarrillo y miro por la ventana.

Aparco el coche delante del nuevo apartamento de Trent, a unas cuantas manzanas de la U.C.L.A., en Westwood, el apartamento en el que vive durante el curso. Rip, que ahora es el camello de Trent, ya que este no ha conseguido dar con Julian, abre la puerta.

—Adivina quién está aquí —dice Rip.

—¿Quién?

—Adivínalo.

—¿Quién?

—Adivínalo.

—¿De quién se trata, Rip?

—Es joven, es rico, está disponible, es iraní. —Rip me empuja al salón—. Es Atiff.

Atiff, a quien no he visto desde que nos graduamos, está sentado en el sofá. Lleva mocasines Gucci y un traje italiano muy caro. Estudia primero en la U.S.C. y tiene un 380 SL negro.

—Clay, ¿cómo estás, amigo?

Atiff se levanta del sofá y me estrecha la mano.

—Muy bien. ¿Y tú?

—Muy bien, muy bien. Acabo de llegar de Roma.

Rip sale de la habitación y entra en el cuarto de Trent y pone la MTV y sube el volumen.

—¿Dónde está Trent? —pregunto.

—Duchándose —dice Atiff—. Tienes buen aspecto. ¿Qué tal por New Hampshire?

—Bien —digo, y sonrío al compañero de piso de Trent, Chris, que está sentado a la mesa de la cocina, hablando por teléfono.

Me devuelve la sonrisa y se levanta y se pone a pasear muy nervioso por la cocina. Atiff habla de los clubs de Venecia y de que ha perdido una maleta Louis Vuitton en Florencia. Enciende un cigarrillo italiano muy fino.

—He vuelto hace un par de noches porque me dijeron que las clases iban a empezar enseguida. Pero no estoy seguro de cuándo empezarán. —Hace una pausa—. ¿Estuviste en la fiesta de Sandra, en Spago, ayer por la noche? ¿No? No estuvo muy bien.

Asiento y miro a Chris, que cuelga el teléfono y grita:

—¡Mierda!

—¿Qué pasa? —pregunta Atiff.

—Me han robado la guitarra y dentro había escondidas unas anfetas que tenía que pasarle a alguien.

—¿Qué es de tu vida? —le pregunto a Chris.

—Voy a la U.C.L.A.

—¿Te has matriculado?

—Más o menos.

—También compone música —dice Trent, que aparece en la puerta. Solo lleva unos vaqueros y tiene el pelo mojado y se lo seca con una toalla—. Ponnos algo tuyo, Chris.

—Claro —dice Chris encogiéndose de hombros.

Chris va al equipo y pone una cinta. Desde donde estoy puedo ver el jacuzzi, humeante, azul, iluminado, y más allá un equipo de pesas y dos bicicletas. Me siento en el sofá y hojeo unas revistas que hay esparcidas por la mesa: un par de *GQ*, unos cuantos *Rolling Stone*, un número de *Playboy* y el número de *People* con la foto de Blair y su padre, y un ejemplar de *Stereo Review* y otro de *Surfer*. Cojo el *Playboy* y luego miro el póster enmarcado del álbum *Hotel California* colgado en la pared; las hipnotizadoras letras azules; la sombra de las palmeras.

Trent dice que un tal Larry no ha conseguido entrar en el instituto de cine. La música sale por los altavoces y trato de escucharla, pero Trent sigue hablando de Larry y Rip ríe de forma histérica en el cuarto de Trent.

—Su padre hizo una jodida serie que está entre las diez de más audiencia. ¿Larry tiene su propia cámara y aun así no le admiten en la U.S.C.? Está la cosa jodida.

—No le admiten porque es adicto a la heroína —grita Rip.

—Eso es una chorrada —dice Trent.

—¿A que no lo sabías? —dice Rip riendo.

—¿De qué demonios estás hablando?

—Si prácticamente se la mete cruda —dice Rip, bajando el volumen de la televisión—. Antes era un tipo normal.

—Mierda, Rip —grito yo—. ¿Y qué entiendes tú por normal?

—Pues normal, ¿qué va a ser?

—Mierda, no sabía eso de Larry —dice Atiff.

—Eres un mierda —grita Trent en dirección al dormitorio.

—Mira, Trent, tócame los cojones —grita Rip.

—Vete a tomar por el culo —chilla Trent. Luego se ríe y vuelve al dormitorio—. ¿Ha hecho alguien las reservas en Morton's?

Tengo una sensación de *déjà vu*, y al abrir un *GQ* me vienen a la mente las caras colgadas en las paredes de la habitación de mis hermanas. La música está muy alta y la canción parece interpretada por una niña pequeña y la caja de ritmos se oye demasiado. La voz de la niña canta: «I don't know where to go / I don't know what to do / I don't know where to go / I don't know what to do / Tell me, Tell me…».

—¿Habéis hecho las reservas? —vuelve a gritar Trent.

—¿Tienes anfetas? —le pregunta Chris a Trent.

—No —responde Trent—. ¿Ha hecho alguien las reservas?

—Sí, yo las he hecho —grita Rip—. Y cállate ya.

—¿Alguno de vosotros tiene anfetas? —pregunta Chris.

—¿Anfetas? —pregunta Atiff.

—No, no tenemos anfetas —le digo.

La música se acaba.

—Tenéis que oír la siguiente canción —dice Trent, poniéndose una camisa.

Chris no le hace caso y coge el teléfono de la cocina. Marca y pregunta a alguien que está al otro lado de la línea si tiene anfetas. Chris hace una pausa y cuelga. Parece abatido.

—Hoy me ha hecho proposiciones un tipo —dice Rip entrando en el salón—. Me abordó en Flip y me ofreció seiscientos dólares si iba a Laguna con él a pasar el fin de semana.

—Estoy seguro de que no fuiste el único al que le hizo proposiciones —dice Trent, saliendo del salón y abriendo la puerta que da al jacuzzi. Se agacha y prueba el agua—. Chris, ¿tienes cigarrillos?

—Sí, en mi habitación, en la mesilla —dice Chris marcando otro número.

Vuelvo a mirar el póster y me pregunto si debería meterme la coca que tengo en el bolsillo ahora, antes de ir a Morton's, o cuando lleguemos allí. Trent sale de la habitación de Chris y quiere saber quién es el que está dormido en el suelo de la habitación de Chris.

—Ah, es Alan, me parece. Lleva ahí como un par de días.

—Estupendo —dice Trent—. Estupendo de verdad.

—Déjale en paz, está con el mono o algo así.

—Vámonos —dice Trent.

Rip va al cuarto de baño y Atiff y yo nos ponemos de pie. Chris cuelga el teléfono.

—¿Vas a estar aquí cuando vuelva? —le pregunta Trent.

—No, voy a ir a la Colony a buscar anfetas.

Mis sueños empiezan tranquilamente. Soy más joven y vuelvo a casa del colegio y el día está nublado, hay nubes grises y blancas y algunas color púrpura. Entonces se pone a llover y echo a correr. Después de correr bajo la lluvia que no deja de caer durante lo que parece mucho tiempo, de repente resbalo en el barro y me doy de bruces contra el suelo porque la tierra está muy mojada. Empiezo a hundirme y se me llena la boca de barro y empiezo a tragarlo y el barro me sube por la nariz y por fin me llega a los ojos y no me despierto hasta que estoy completamente hundido en él.

Empieza a llover en Los Ángeles. Leo acerca de casas que se hunden, que se deslizan colina abajo en medio de la noche, y me paso la noche entera despierto, por lo general muy puesto de coca, hasta que al amanecer me aseguro de que a nuestra casa no le ha pasado nada. Luego salgo a la humedad de la mañana y cojo el periódico, leo la sección de cine y trato de ignorar la lluvia.

Los días que llueve no pasan muchas cosas. Una de mis hermanas compra un pez y lo mete en el jacuzzi y el calor y el cloro lo matan. Recibo unas llamadas telefónicas muy raras. Alguien llama, normalmente a altas horas de la noche, y cuando descuelgo la persona que ha llamado no dice nada durante tres minutos. Los cuento. Luego oigo un suspiro y cuelgan. Los semáforos de Sunset están estropeados. La luz amarilla se enciende en un cruce y luego la verde destella durante un par de segundos, seguida de la amarilla, y luego la roja y la verde se encienden al mismo tiempo.

Recibo un mensaje de que Trent ha venido a verme. Llevaba un traje muy caro, dijeron mis hermanas, y conducía un Mercedes que no era suyo.

—Es de un amigo mío —les dijo Trent.

También les dijo que me dijeran que Scott ha tenido una sobredosis. No sé quién es el tal Scott. Sigue lloviendo. Y esa noche, después de tres de esas extrañas llamadas, estrello un vaso contra la pared. No viene nadie a ver qué ha pasado. Luego me tumbo en la cama, despierto, me tomo veinte miligramos de Valium para contrarrestar la coca, pero no consigo dormir. Quito la MTV y pongo la radio, pero no logro sintonizar la KNAC, así que la apago y contemplo el Valle por la ventana y miro las luces de neón bajo el cielo púrpura de la noche y veo pasar las nubes y luego me tumbo en la cama y trato de recordar cuántos días llevo en casa y luego me levanto y paseo por la habitación y enciendo otro pitillo y luego suena el teléfono. Así son las noches cuando llueve.

Estoy sentado en Spago con Trent y Blair, y Trent dice que está seguro de que había gente en la barra esnifando cocaína y yo le digo que por qué no se une a ellos y me dice que me calle. Como nos hemos metido medio gramo antes de salir de casa de Trent no tenemos hambre y solo pedimos unos aperitivos y una pizza y seguimos bebiendo vodka con zumo de uvas. Blair sigue oliéndose la muñeca y canturrea mientras el nuevo single de Human League suena en el equipo. Blair le pregunta al camarero, después de que nos sirva la cuarta ronda de cócteles, si estaba en el Edge la otra noche. El camarero sonríe y niega con la cabeza.

—Oye, ¿Walker es alcohólico de verdad? —pregunta Blair a Trent.

—Sí, es alcohólico —contesta Trent.

—Lo sabía. Aun así, Walker es estupendo. Es muy agradable.

Trent ríe y se muestra de acuerdo, luego me mira.

Durante un momento me siento totalmente desconcertado y los miro a los dos y digo:

—Walker es muy agradable.

Aunque no sé quién es Walker.

—Sí, Walker me cae muy bien —dice Trent.

—Sí, Walker es muy agradable —añade Blair.

—Creo que no os lo había dicho —empieza Trent—. Mañana voy a Springs a ver cómo un capullo de jardinero mexicano planta cactus en el jardín. ¿No os parece la cosa más típica que habéis oído? Tan típico… Mi madre me lo propuso y yo dije: «De ninguna manera», y ella dijo: «Nunca haces nada por mí», y me di cuenta de que era verdad, así que dije: «Muy bien, iremos», porque me dio pena, ya sabéis. Además, me han dicho que Sandy tiene una coca estupenda y que también irá.

—Eres un chico muy agradable —dice Blair sonriendo.

Casi son las doce de la noche y alguien paga la cuenta y cuando Blair va al servicio le digo a Trent que no tengo ni idea de quién es Walker. Trent me mira y dice:

—Estás chiflado, ¿lo sabías?

—No estoy chiflado.

—Sí, tío, eres absurdo.

—¿Y por qué estoy chiflado?

—Porque lo estás.

—Eso es absurdo.

—A lo mejor no lo es.

—Pues vaya.

—Tú estás loco, Clay —se ríe Trent.

—No, no lo estoy —le digo, riéndome también.

—Sí, creo que lo estás. De hecho, estoy completamente seguro de ello —dice.

—¿Estás seguro?

Trent termina su copa, chupa un cubito de hielo y pregunta:

—¿Con quién follas ahora?

—Con nadie. Además, eso no es asunto tuyo ni de Blair, ¿entendido?

—Entendido —resopla Trent.

—¿De qué va esto? —le pregunto.

No dice nada.

—¿Con quién follas tú? —le pregunto.

—Oh, vamos, Clay, por favor….

—¿Con quién follas? —pregunto una vez más.

—No lo entenderías.

—¿No entendería qué? ¿Qué es lo que no entendería? —le pregunto—. Si tiene algo que ver con Blair, te equivocas. Ella lo debería saber. ¿Todavía se cree que estamos juntos? ¿Te dijo eso? Bien, pues no lo estamos. ¿Entendido?

Se me están pasando los efectos de la coca y estoy a punto de levantarme para ir al servicio.

—¿Se lo has dicho? —pregunta por fin Trent.

—No —digo, todavía mirándole, y luego miro por la ventana.

—Cutre. Muy cutre —dice muy despacio.

—¿Qué es cutre? —pregunta Blair, sentándose.

—Roberto —dice Trent, evitando mirarme a los ojos.

No quiero dejar solos a Trent y Blair, así que me quedo allí sentado muy quieto.

—Ah, no sé. Yo creo que es muy simpático.

—No, no lo es.

—Bueno, es diferente —dice Blair.

—¿Por qué te cae bien? —pregunta Trent, chupando otro cubito de hielo y mirándome.

—Porque… —dice Blair, poniéndose de pie.

—Porque no has pasado mucho tiempo con él —dice Trent, que también se levanta, y Blair se ríe y añade:

—Puede ser.

Y está de mejor humor y me pregunto si habrá esnifado coca en el servicio. Probablemente. Luego me pregunto si eso importa.

Mientras esperamos a que traigan el coche, Blair y Trent se ríen de un modo que me irrita y luego ella mira al cielo, que está muy nublado, y se pone a lloviznar. Entramos en el coche de Trent y ella pone una cinta que grabó la otra noche y Bananarama empieza a cantar y Trent le pregunta dónde está la cinta de Beach-Mix y Blair le dice que está cansada de ella porque la ha oído demasiadas veces. Por algún motivo la creo y bajo el cristal de la ventanilla y nos dirigimos a After Hours.

La chica junto a la que estoy sentado en After Hours tiene dieciséis años y está muy morena y me dice que es trágico que en la KROQ tengan lista de éxitos. Blair está sentada frente a mí y junto a Trent, que está haciendo su imitación de Richard Blade para dos chicas rubias. Se acerca Rip, después de hablar con la estrella del porno gay que está sentado en la barra con su novia, y susurra algo al oído de Blair y los dos se levantan y se van. La chica que está sentada junto a mí está borracha y tiene la mano en mi muslo y ahora pregunta si se ha incendiado The Whiskey y le digo que sí, claro, y Blair y Rip vuelven y se sientan y los dos parecen demencialmente alertas: Blair mueve bruscamente la cabeza adelante y atrás mientras mira a los que bailan; y Rip mira a todas partes buscando a la chica con la que ha venido. Blair saca un lápiz de ojos y se pone a escribir algo en la mesa. Rip localiza a la chica. Un chico alto y rubio se acerca a nuestra mesa y una de las chicas que está sentada junto a Trent se levanta de un salto y dice:

—¡Teddy! ¡Creía que estabas en coma!

Teddy explica que no lo está, pero que le han quitado el permiso de conducir por circular borracho por la Pacific Coast Highway, y Blair sigue escribiendo en la mesa y Teddy se sienta. Me parece distinguir a Julian, que se marcha, y dejo la mesa y voy a la barra y luego salgo y llueve mucho y oigo a Duran Duran sonando dentro y una chica a la que no conozco pasa a mi lado y me dice hola y yo le contesto y voy al servicio y cierro la puerta y me miro en el espejo. Llama gente a la puerta y me apoyo en ella, no puedo esnifar la coca y lloro durante unos cinco minutos y luego salgo y vuelvo al club, que está a oscuras y abarrotado, y nadie puede ver que tengo la cara hinchada y los ojos rojos y me siento junto a la chica rubia borracha y ella y Blair están hablando de las notas de aptitud para la universidad. Luego llega Griffin con una chica rubia muy guapa y me sonríe y los dos van a la barra a hablar con la estrella del porno gay y su novia. En un determinado momento Blair se marcha con Rip o quizá con Trent, o quizá Rip se marcha con Trent, o quizá Rip se marcha con las dos chicas rubias, y yo acabo bailando con esa chica y ella se pega a mí y me susurra que por qué no vamos a su casa. Y atravesamos la abarrotada pista y ella va al servicio y yo la espero sentado a una mesa. Alguien ha escrito «Auxilio» muchas veces con lápiz rojo en la mesa con letra infantil y hay números de teléfono alrededor de los veinte «Auxilio» y muchas palabras ilegibles alrededor de los números de teléfono. La chica vuelve y salimos de After Hours, pasamos junto a la chica que me ha dicho hola y que está llorando en la acera, y también pasamos junto a la estrella del porno gay, que se está fumando un porro en el callejón; pasamos junto a cuatro tipos mexicanos que se están metiendo con la gente que entra y sale del club, y junto al agente de seguridad y al aparcacoches, que no deja de decirles a los mexicanos que será mejor que se larguen. Y uno de ellos me llama maricón de mierda y la chica y yo entramos en su coche y nos dirigimos a las colinas y llegamos a su habitación y me desnudo y me tumbo en su cama y ella va al cuarto de baño y espero un par de minutos y por fin sale envuelta en una toalla, y se sienta en la cama y pone mis manos en sus hombros, y dice que me quede quieto y luego que me apoye contra el cabecero de la cama y lo hago y entonces se quita la toalla y se queda desnuda y de un cajón junto a la cama saca un tubo de Bain De Soleil y me lo da y luego del mismo cajón saca unas gafas de sol Wayfarer y me dice que me las ponga y lo hago. Y me quita el tubo de crema solar y se echa un poco en los dedos y empieza a tocarse y me dice que haga lo mismo y lo hago. Al cabo de un rato paro y trato de acercarme a ella pero dice que no, y vuelve a poner mi mano en mi cuerpo y su mano vuelve a empezar y la cosa sigue así un rato y le digo que me voy a correr y ella dice que espere un momento y que ya casi está y empieza a moverse más deprisa, separando las piernas, apoyándose en la almohada, y me quito las gafas de sol y me dice que me las vuelva a poner y me las pongo y entonces me corro y supongo que ella también. Bowie suena en el equipo y ella se levanta y lo apaga y pone la MTV. Me quedo allí, desnudo, con las gafas puestas, y ella me da una caja de Kleenex. Me limpio y entonces veo un *Vogue* que hay al lado de la cama. Se pone una bata y me mira. Oigo un trueno a lo lejos y empieza a llover con más fuerza. Enciende un cigarrillo y comienzo a vestirme. Y luego llamo a un taxi y por fin me quito las Wayfarer y ella me dice que baje la escalera con cuidado para no despertar a sus padres. El taxi me lleva a casa de Trent y cuando entro en mi coche, en el asiento hay una nota que dice «¿Lo has pasado bien?», y estoy seguro de que es la letra de Blair y vuelvo a casa.

Estoy sentado en la consulta de mi psiquiatra al día siguiente, tengo el bajón de la coca y sangro al estornudar. Mi psiquiatra lleva un jersey de pico sin nada debajo y unos vaqueros con las perneras cortadas. Me pongo a llorar con ganas. Me mira y se toca la cadena de oro que lleva al cuello. Dejo de llorar al cabo de un rato y me mira un poco más y luego anota unas palabras en un bloc. Me hace una pregunta. Le digo que no sé lo que va mal; que a lo mejor se trata de algo que tiene que ver con mis padres, pero no creo, o quizá con mis amigos, o simplemente que a veces me encuentro perdido; quizá sean las drogas.

—Por lo menos eres consciente de esas cosas. Pero yo no hablaba de eso. En realidad no te preguntaba nada de eso.

Se levanta y pasea por la habitación y endereza una cubierta enmarcada de un *Rolling Stone* con una foto de Elvis Costello en la portada y las palabras «Elvis Costello se arrepiente» en grandes letras blancas. Espero a que me plantee la pregunta.

—¿Te gusta? ¿Lo viste en el Amphitheater? ¿Sí? Creo que ahora está en Europa. Por lo menos eso oí en la MTV. ¿Te gusta el último álbum?

—¿Y qué pasa conmigo?

—¿Qué pasa contigo?

—¿Qué pasa conmigo?

—Todo irá bien.

—No lo sé —digo—. No lo creo.

—Hablemos de otra cosa.

—Pero ¿qué pasa conmigo? —grito, ahogándome.

—Venga ya, Clay —dice el psiquiatra—. No seas tan… mundano.

Era el cumpleaños de mi abuelo y llevábamos en Palm Springs casi dos meses; demasiado tiempo. El sol calentaba y el aire era denso aquellas semanas. Era la hora del almuerzo y estábamos sentados debajo del saledizo frente la piscina de la vieja casa. Recuerdo que aquel día mi abuela me había regalado una bolsa de caramelos y que los había masticado sin parar, muy nervioso. La asistenta trajo entremeses fríos y cerveza y ponche hawaiano y patatas fritas en una gran bandeja de madera, y la dejó en la mesa alrededor de la que estábamos sentados mi tía y mi abuela y mi abuelo y mi madre y mi padre y yo. Mi madre y mi tía cogieron unos sándwiches de pavo. Mi abuelo iba en calzones y llevaba un sombrero de paja y bebía cerveza Michelob. Mi tía se abanicaba con una revista People. *Mi abuela no se encon-*

traba muy bien y mordisqueó un poco de un sándwich y tomó té frío. Mi madre no prestaba mucha atención a la conversación. Con los ojos clavados en el agua fría, vigilaba a mis hermanas y primos, que jugaban en la piscina.

—Creo que llevamos demasiado tiempo aquí —dijo mi tía.

—Eso parece una indirecta —dijo mi padre, cambiando de postura en la silla.

—Me quiero ir —dijo mi tía con voz distante, mirando al vacío, con los dedos apretando la revista.

—Muy bien —intervino mi abuelo—. Será mejor que nos vayamos antes de que sea muy tarde. Me estoy poniendo rojo como un tomate. ¿No te parece, Clay?

Me guiñó un ojo y abrió la quinta cerveza.

—Reservaré pasajes para el avión hoy mismo —dijo mi tía.

Uno de mis primos estaba leyendo un número de L.A. Times y mencionó algo sobre un accidente de aviación en San Diego. Todos murmuraron algo y los planes de marcharse se olvidaron.

—Es terrible —dijo mi tía.

—Creo que es mejor morir en un accidente de aviación que de cualquier otro modo —dijo mi padre al cabo de un rato.

—Creo que debe de ser algo horroroso.

—No. Ni te enteras. Te tomas un Librium y cuando se estrella el avión ni te has dado cuenta.

Mi padre cruzó las piernas.

En la mesa se hizo el silencio. Los únicos sonidos eran los de mis hermanas y primos jugando en el agua.

—¿Y tú qué opinas? —le preguntó mi tía a mi madre.

—Trato de no pensar en esas cosas —le contestó mi madre.

—¿Y tú, mamá? —le preguntó mi padre a mi abuela.

Mi abuela, que no había dicho nada en todo el día, se limpió la boca y dijo con toda tranquilidad:

—No querría morir de ninguna manera.

Voy a casa de Trent, pero Trent, recuerdo, está en Palm Springs, así que voy a casa de Rip y un chico rubio abre la puerta vestido únicamente con un traje de baño. La lámpara de infrarrojos del salón está encendida.

—Rip ha salido —dice el chico rubio.

Me marcho, y cuando estoy aparcando en Wilshire, Rip se detiene frente a mí en su Mercedes y se asoma por la ventanilla y dice:

—Spin y yo vamos al City Cafe. Nos vemos allí.

Asiento y sigo a Rip por Melrose. En la matrícula de su coche se lee «CLIMAXX» en letras resplandecientes.

El City Cafe está cerrado y hay un anciano vestido con harapos y un viejo sombrero negro, hablando solo, junto a la puerta, y cuando seguimos adelante nos mira enfadado. Rip baja la ventanilla y me pongo a su altura con el coche.

—¿Adónde quieres que vayamos? —le pregunto.

—Spin quiere ir al Hard Rock.

—Os seguiré —le digo.

Empieza a llover.

Llegamos al Hard Rock Cafe y, una vez que nos hemos sentado, Spin me dice que esta tarde ha conseguido un material muy bueno. Hay un hombre sentado en la mesa de al lado de la nuestra cuyos ojos están cerrados con fuerza. A la chica que está con él no parece que le importe y toma una ensalada. Cuando el hombre abre los ojos al fin, por algún motivo me siento aliviado. Spin sigue hablando, y cuando trato de cambiar de tema y pregunto dónde puede estar Julian, Spin me dice que Julian le estafó una vez con lo que por lo demás era un muy buen negocio para Julian. Rip cuenta que Julian se ha metido en muchos problemas.

—Es que está muy colgado.

Spin me mira y asiente.

—Sí, muy colgado.

—Vende una coca y un caballo estupendos, pero no debería venderles a los chavales de los colegios. Eso es realmente bajo.

—Sí —digo, asimilando la información—. Muy bajo.

—Hay quienes dicen que el chaval de trece años que murió de una sobredosis en Beverly le había comprado el caballo a Julian.

Me vuelvo hacia Rip al cabo de un rato.

—¿Qué has hecho últimamente?

—No mucho. Anoche me tomé unos tranquilizantes para animales con Warren y fuimos a ver a The Grimsoles —dice—. No estuvieron mal. Tiraron ratas al público. Warren se llevó una al coche. —Rip baja la vista y ríe—. Y la mató. Era grandísima. Tardó veinte o treinta minutos en liquidar a la jodida.

—Yo acabo de volver de Las Vegas —dice Spin—. Estuve allí con Derf. Nos pasamos todo el tiempo en calzones en la piscina del hotel de mi padre. Estuvo bien… creo.

—¿Y tú que has hecho, tío? —me pregunta Rip.

—Ah, no mucho —digo.

—Claro, ya no hay muchas cosas que hacer —dice Rip.

Spin asiente.

Después de cenar fumamos un porro en el coche mientras vamos a Malibu a comprar un par de gramos de coca a un tipo que se llama Dead. Voy sentado en el pequeño asiento trasero del coche de Rip y he pensado que Rip había dicho: «Vamos a ver a un tipo que se llama Dead». Pero cuando Spin ha dicho: «¿Cómo sabes que Dead va a estar por allí?», y Rip ha contestado: «Porque Dead siempre anda por ahí», he comprendido que su nombre era ese.

Parece que hay una fiesta en casa de Dead y unos chavales nos miran con cara rara, probablemente porque Rip y Spin y yo no vamos en traje de baño. Nos dirigimos hacia Dead, que tiene unos cuarenta y cinco años, va en calzoncillos y está tumbado encima de un montón de cojines, con dos chicos muy morenos sentados a su lado mirando la televisión, y Dead le da a Rip un sobre muy grande. Hay una chica rubia muy guapa en bikini sentada detrás de Dead que le acaricia la cabeza al chico que está a la izquierda de Dead.

—Andaos con ojo, chicos —balbucea Dead.

—¿Por qué lo dices, Dead? —pregunta Rip.

—Hay estupas husmeando por la Colony.

—No. ¿En serio? —pregunta Rip.

—Sí. A uno de mis chicos le pegó un tiro en la pierna uno de esos jodidos estupas.

—¿De verdad?

—Sí.

—¡Dios!

—El chaval solo tenía diecisiete años, por el amor de Dios. Y le alcanzaron en la puta pierna. A lo mejor le conoces.

—¿Quién era? —pregunta Rip—. ¿Christian?

—No. Randall. Va a Oakwood. ¿Le conoces?

Spin niega con la cabeza y de los altavoces que están colgados del techo, por encima de la cabeza calva y sudorosa de Dead, nos llega «Hungry Like the Wolf».

—Conque ya podéis tener cuidado.

—Sí, tendremos cuidado —dice Spin, dándole un beso a la chica que sigue acariciando el pelo rubio del chico.

El chico rubio me guiña un ojo y hace un mohín.

En el coche Spin prueba la coca y dice que está cortada con demasiada novocaína. Rip dice que en este momento le da igual y que lo único que quiere es hacerse una raya. Rip pone la radio muy alta y grita encantado:

—¿Qué va a ser de todos nosotros?

—¿Todos? ¿Quién, tío, quién? —grita a su vez Spin.

Esnifamos parte de la coca y vamos a unas galerías de Westwood y nos enrollamos con los videojuegos durante casi dos horas y al final hemos gastado como veinte dólares por cabeza y dejamos de jugar solo porque nos quedamos sin monedas de veinticinco centavos. Rip solo tiene billetes de cien dólares y el encargado de las máquinas no quiere cambiárselos. De modo que Rip vuelve a guardarse la pasta en el bolsillo y manda a tomar por el culo al tipo y los tres volvemos a su coche y terminamos la coca que nos queda.

El padre de Blair da una fiesta para un joven actor australiano cuya nueva película se estrena en Los Ángeles la semana que viene. El padre de Blair trata de conseguir que el actor sea la estrella de la nueva película que va a producir, una película de ciencia ficción de unos treinta millones de dólares, llamada *Star Raiders*. Pero el caché del actor australiano es demasiado elevado. Voy a la fiesta para intentar hablar con Blair, pero todavía no la he visto, solo me encuentro con montones de actores y amigos de Blair del instituto de cine de la U.S.C. También está Jared y no para de intentar ligarse al actor australiano. Jared no deja de preguntarle si ha visto el episodio de *La dimensión desconocida* con Agnes Moorehead, y el actor australiano niega con la cabeza sin parar y dice:

—No, colega.

Jared menciona otros episodios de la serie y el actor australiano, que suda mucho y bebe su cuarto cubata de ron, le repite sin parar a Jared que no ha visto ninguno de los episodios de *La dimensión desconocida* de los que le habla. Por fin, el actor se aleja de Jared y a Jared se le une su nuevo novio, no el camarero del Morton's, sino un diseñador de vestuario que trabajó en la última película del padre de Blair, y que tal vez sí, tal vez no, se ocupe del vestuario de *Star Raiders*. El actor australiano se acerca a su mujer, que le ignora. Kim me cuenta que se han peleado esa misma tarde y que ella se ha largado de su bungalow del Beverly Hills Hotel muy cabreada y ha ido a una peluquería carísima de Rodeo donde le han desgraciado el pelo. La han dejado pelirroja y con el pelo casi al cero y cuando vuelve la cabeza en un ángulo diferente, veo zonas blancas entre el poco pelo que le queda.

Salen a relucir los daños provocados en Malibu por las tormentas y alguien cuenta que la casa de al lado de la suya se ha derrumbado.

—Como os lo cuento. Un minuto antes estaba allí y al siguiente… zas… Ya no estaba.

La madre de Blair asiente mientras escucha al director que le cuenta eso y le tiemblan los labios y no deja de mirar a Jared. Voy a acercarme a ella para preguntarle dónde está Blair, pero entran un par de actores y actrices y un director y algunos ejecutivos de los estudios. Vienen de la entrega de los Globos de Oro. Una de las actrices cruza la sala casi corriendo y abraza al diseñador de vestuario y le susurra en voz alta:

—Marty no ha ganado, consíguele un whisky sin hielo, enseguida, y a mí tráeme un Vodka Collins antes de que me desmaye. No te importa, ¿verdad, querido?

El diseñador de vestuario chasca los dedos en dirección al barman negro de pelo canoso y dice:

—¿Lo has oído?

El barman sale de su estupor con cierto sobresalto y prepara las bebidas que ha pedido la actriz. La gente se pone a preguntarle quién se llevó los Globos de Oro. Pero la actriz y la mayoría de los actores y productores y ejecutivos de los estudios lo han olvidado. El director, Marty, sí se acuerda, y recita nombre por nombre cuidadosamente, y si alguien le pregunta quiénes eran los otros nominados, el director mira al frente y los recita en orden alfabético.

Me pongo a hablar con uno de los chicos que va al instituto de cine de la U.S.C. Está muy moreno y tiene una barba rubia incipiente y lleva gafas y unas zapatillas de tenis Tretorn bastante rotas y no para de hablar de la «indiferencia estética» de las películas americanas. Estamos sentados los dos solos en el estudio y enseguida entran Alana y Kim y Blair. Se sientan. Blair no me mira. Kim toca la pierna del chico del instituto de cine y le pregunta:

—Te llamé ayer por la noche. ¿Dónde estabas?

—Jeff y yo nos fumamos un par de canutos y fuimos al preestreno de la nueva *Viernes 13*.

Yo miro a Blair tratando de atraer su atención. Pero ella no quiere mirarme.

Jared y el padre de Blair y el director de *Star Raiders* y el diseñador de moda entran y se sientan y la conversación gira en torno al actor australiano y el padre de Blair le pregunta al director, que lleva un chándal Polo y gafas oscuras, qué hace en la ciudad el actor.

—Creo que anda por aquí para ver si lo nominan a un Oscar. Las nominaciones saldrán pronto, ya sabes.

—¿Por esa mierda? —suelta el padre de Blair.

Se calma y mira a Blair, que está sentada junto a la chimenea, cerca de donde suele estar el árbol de Navidad, y parece deprimida. Su padre se acerca a ella.

—Ven aquí, cariño, y siéntate en el regazo de papá.

Blair le mira incrédula durante un momento y luego baja la vista, sonríe y sale de la habitación. Nadie dice nada. Al cabo de un rato el director se aclara la garganta y dice que si no pueden conseguir que ese «jodido canguro» trabaje en *Star Raiders*, ¿quién coño va a ser la estrella? Surgen algunos nombres.

—¿Qué tal aquel chico tan delicioso que trabajaba en *Beastman!*? Ya sabes a quién me refiero, Clyde.

El diseñador de vestuario mira al director, que se rasca la barbilla sumido en sus pensamientos.

Blair vuelve a entrar con una copa y me mira y yo aparto la vista como si estuviera muy interesado en la conversación.

El diseñador de vestuario se da una palmada en la rodilla y dice:

—¡Marco! ¡Marco! —Y repite el nombre—. Marco… ¿Marco qué…? Ferr… Ferra… ¡mierda! Lo he olvidado por completo.

—¿Marco King?

—No, no, no.

—¿Marco Katz?

Desesperado, el diseñador de vestuario dice al fin:

—¿Ha visto alguien *Beastman!*?

—¿Cuándo estrenaron *Beastman!*? —pregunta el padre de Blair.

—Creo que fue el otoño pasado.

—¿Tú crees? Me parece que la vi en el Avco hacia el verano.

—Pero yo vi su preestreno en MGM.

—Ni siquiera la estrenaron en el Avco —dice alguien.

—Creo que estáis hablando de Marco Ferraro –dice Blair.

—Eso es –dice el diseñador de vestuario–. Marco Ferraro.

—Me parece que murió de una sobredosis –dice Jared.

—Sí, *Beastman!* Estaba bastante bien –me dice el estudiante de cine–. ¿La viste?

Asiento y miro a Blair. *Beastman!* no me gustó y le pregunto al estudiante de cine:

—¿Encontraste bien el modo en que iban desapareciendo personajes de la película? Me parece que no había ningún motivo.

El estudiante de cine hace una pausa y dice:

—Tal vez, pero eso pasa en la vida real…

Vuelvo a mirar a Blair.

—¿No crees? –insiste el estudiante de cine.

—Puede ser –digo.

Blair no me quiere mirar.

—¿Marco Ferraro? –pregunta el padre de Blair–. ¿Es italiano?

—Es espectacular –suspira Kim.

—Total, chica –confirma Alana.

—¿De verdad? –pregunta el director haciendo una mueca e inclinándose hacia Kim–. ¿Y quién más piensas que es… espectacular?

—Venga, chicas –dice el padre de Blair–. A ver si nos dais alguna idea.

—Recordad: nada de grandes actores –dice Jared–. Solo tipos con el culo tan bonito como la cara.

El diseñador de vestuario asiente y dice:

—Eso mismo.

—Papá, recuerda que te pedí que metieras a Adam Ant o a Sting en la película –dice Blair.

—Lo sé, lo sé, cariño. Clyde y yo hemos hablado de eso y quizá se pueda arreglar. ¿Qué os parecerían Adam Ant o Sting en *Star Raiders*? –pregunta a Alana y Kim.

—Yo iría a ver la peli –dice Kim.

—Yo iría dos veces –dice Alana.

—Yo me la compraría en vídeo –añade Kim.

—Estoy de acuerdo con Blair —dice el padre de Blair—. Deberíamos considerar seriamente a Adam Ant o a String.

—Es Sting, papá.

—Muy bien, Sting.

Clyde sonríe y mira a Kim.

—Bueno, ¿qué te parece Sting, cielo?

Kim se sonroja y dice:

—Estaría muy bien.

—Pues lo llamaremos a él y a Adam para hacer unas pruebas la semana que viene.

—Gracias, papá —dice Blair.

—Lo que tú quieras, cariño.

—Será mejor que nos enteremos antes de cuánto piden —dice Jared.

—Lo haremos, no te preocupes —dice Clyde, sonriendo todavía a Kim—. ¿Quieres estar presente cuando hagamos las pruebas?

Por fin Blair me mira con una expresión dolida en los ojos y yo miro a Kim, casi avergonzado, luego enojado.

Kim se sonroja otra vez y dice:

—Quizá.

Julian no me ha llamado desde que le di el dinero, así que decido llamarle yo al día siguiente. Pero no tengo su número, así que llamo a Rip, pero Rip no está, me dice un chico, así que llamo a casa de Trent y contesta Chris y me dice que Trent sigue en Palm Springs y luego me pregunta si sé de alguien que tenga anfetas. Por fin llamo a Blair y ella me da el número de Julian y cuando voy a decirle que siento lo de la otra noche en After Hours, me dice que tiene que irse y cuelga. Llamo a ese número y contesta una chica cuya voz me suena mucho.

—Está en Malibu o en Palm Springs.

—¿Qué está haciendo?

—No lo sé.

—Oye, ¿no tendrás el teléfono de esos lugares?

—Lo único que sé es que está en la casa de Rancho Mirage o en la casa de la Colony. —Calla y parece indecisa—. Es lo único que sé. —Hay una larga pausa—. ¿Quién eres? ¿Finn?

—¿Finn? No. Oye, necesito el número.

Hay otra pausa y luego un suspiro.

—Muy bien. Mira, yo no sé dónde está. Mierda… no debería decírtelo. ¿Quién eres?

—Clay.

Hay una pausa todavía más larga.

—Oye —digo—. No le cuentes que he llamado. Trataré de hablar con él más tarde.

—¿Seguro?

—Sí.

Y me dispongo a colgar.

—¿Eres Finn? —pregunta la chica.

Cuelgo.

Esa noche voy a una fiesta a casa de Kim y conozco a un tipo, Evan, que me dice que es muy amigo de Julian, y al día siguiente vamos a McDonald's cuando él sale de clase. Son las tres de la tarde y Evan se sienta ante mí.

—¿Así que Julian está en Palm Springs? —le pregunto.

—Palm Springs está muy bien —dice Evan.

—Sí —digo yo—. ¿Sabes si está allí?

—Me gusta muchísimo. Es el lugar más jodidamente maravilloso del mundo. A lo mejor podemos ir juntos algún día —dice él.

—Sí, algún día.

¿Qué significa eso?

—Sí. Es un sitio estupendo. También Aspen. Aspen es total.

—¿Está Julian allí?

—¿Julian?

—Sí, me dijeron que quizá está allí.

—¿Y qué iba a hacer Julian en Aspen?

Le digo que tengo que ir al servicio. Evan dice que muy bien. En vez de eso busco un teléfono y llamo a Trent, que ya ha vuelto de Palm Springs, y le pregunto si ha visto a Julian allí. Me contesta que no y que la coca que le pasó Sandy es muy mala y que tiene mucha pero no puede venderla. Le digo a Trent que no consigo encontrar a Julian y que estoy muy colocado y cansado. Me pregunta dónde estoy.

—En un McDonald's de Sherman Oaks —le contesto.

—Por eso estás así —dice Trent.

No le entiendo y cuelgo.

Rip dice que siempre se puede encontrar a alguien en Pages, en Encino, a la una o las dos de la madrugada. Rip y yo vamos una noche porque Du-par's está abarrotado de chavales que vienen de fiestas de graduación y de camareras viejas con zapatos ortopédicos y lilas prendidas al uniforme con alfileres que no paran de decir a los chavales que dejen de armar jaleo. Así que Rip y yo vamos a Pages y nos encontramos con Billy y Rod y con Simon y Amos y LeDeu y Sophie y Kristy y David. Sophie se sienta con nosotros y arrastra con ella a LeDeu y David. Sophie nos habla del concierto de Vice Squad en The Palace y nos cuenta que su hermano le dio un Quaalude muy malo antes del concierto y que se lo pasó dormida. LeDeu y David están en una banda llamada Western Survival y parecen tranquilos y cautos. Rip pregunta a Sophie por alguien que se llama Boris y ella le dice que está en la casa de Newport. LeDeu tiene una gran mata de pelo negro, muy tiesa y que le sale disparada en todas direcciones, y me cuenta que siempre que va a Du-par's la gente se aparta de él. Por eso él y David vienen siempre al Pages. Sophie se me queda frita en el hombro y enseguida se me duerme el brazo, pero no lo muevo porque tiene la cabeza apoyada en él. David lleva gafas de sol y una camiseta de Fear y me dice que me vio en la fiesta de Fin de Año de Kim. Asiento y le digo que me acuerdo, aunque él ni siquiera estuvo allí.

Hablamos de los nuevos músicos y de la situación de las bandas de Los Ángeles y de la lluvia y Rip hace gestos a una pareja de mexicanos que están sentados enfrente de nosotros. Les hace muecas y se tapa la cara con el fedora negro que lleva. Me disculpo y voy al servicio. Dos chistes escritos en la pared de Pages: ¿Cómo dejar preñada a una monja? Follándosela. ¿Qué diferencia hay entre una princesita judía y un plato de espaguetis? Los espaguetis se mueven cuando te los comes. Y debajo de los chistes: «Julian la mama de muerte. Y está muerto».

Era la última semana en el desierto y casi todos se habían ido. Solo quedábamos mi abuelo y mi abuela, mi padre y mi madre y yo. Todas las criadas se habían ido, y también el jardinero y el encargado de la piscina. Mis hermanas se habían ido a San Francisco con mi tía y sus hijos. Todos estaban cansados de Palm Springs. Llevamos más de dos meses yendo y viniendo y en las últimas tres semanas solo habíamos estado una vez en Rancho Mirage. Durante la última semana no habían pasado demasiadas cosas. Uno o dos días antes de que nos fuéramos, mi madre fue al pueblo con mi abuela y compraron un bolso azul. Mis padres la llevaron aquella noche a la fiesta de un director. Me quedé en casa con mi abuelo, que se emborrachó y se fue a dormir pronto. Habían parado la cascada artificial de la espaciosa piscina y, con excepción del jacuzzi, la piscina se estaba vaciando. Alguien había encontrado una serpiente de cascabel flotando en el agua que quedaba y mis padres me habían recomendado que no saliera al desierto.

Aquella noche hacía mucho calor y mientras mi abuelo dormía me comí una chuleta y unas costillas que habían traído dos días antes de uno de los hoteles que mi abuelo tenía en Nevada. Vi un episodio repetido de La dimensión desconocida *y di un paseo. No había nadie en el exterior. Las palmeras se movían y las luces del exterior brillaban mucho y si te alejabas de la casa y entrabas en el desierto todo era oscuridad. No pasaban coches y me pareció ver que una serpiente de cascabel se deslizaba en el garaje. La oscuridad, el viento, los rui-*

dos del desierto, el paquete de cigarrillos vacío en el camino de entra-
da, todo creaba una atmósfera espectral y corrí dentro y apagué todas
las luces y me metí en la cama y me dormí, escuchando el extraño
viento del desierto que gemía al otro lado de mi ventana.

Es un sábado por la noche muy tarde y todos vamos a casa de
Kim. No hay mucho que hacer, excepto beber gin-tonics y
vodka con montones de lima y ver películas antiguas en el Betamax. Me quedo mirando el retrato de la madre de Kim que
cuelga sobre la barra del salón de altos techos. No pasan demasiadas cosas esa noche excepto que Blair ha oído hablar del
New Garage, que está en el centro, entre la Seis y la Siete o la
Siete y la Ocho, y Dimitri y Kim y Alana y Blair y yo decidimos ir al centro.

El New Garage es un club que en realidad está en un aparcamiento de cuatro pisos; el primero y segundo y tercer pisos
están desiertos y todavía hay un par de coches aparcados allí
desde el día anterior. El club está en el cuarto piso. La música
está muy alta y hay un montón de gente bailando y todo el
piso huele como a cerveza y sudor y gasolina. Suena el nuevo
single de Icicle Works y están dos de las Go-Go's y también
uno de The Blasters y Kim dice que ha visto a John Doe y a
Exene de pie junto al DJ. Alana se pone a hablar con un par
de chicos ingleses que conoce y que trabajan en Fred Segal.
Kim habla conmigo. Le parece que yo ya no le gusto a Blair.
Me encojo de hombros y miro por una ventana abierta. Desde donde estoy de pie, miro por la ventana y veo los tejados de
los edificios del distrito financiero, a oscuras, y con alguna luz
en los pisos superiores. Hay una catedral enorme con una
cruz casi monolítica iluminada que apunta a la luna; una luna
que parece más redonda y más grotescamente amarilla de lo
que recuerdo. Miro a Kim un momento y no digo nada. Veo
a Blair en la pista de baile con un chico rubio bastante guapo,
de unos dieciséis, o tal vez diecisiete años, y los dos parecen
muy contentos. Kim dice que aquello está muy mal, aunque

no sé a qué se refiere. Dimitri, borracho y murmurando incoherencias, se nos acerca dando tumbos, y me parece que le va a decir algo a Kim, pero en vez de eso saca las manos por la ventana, se araña la piel con el cristal y, al tratar de retirar la mano, se hace unos cortes y se pone a sangrar mucho. Después de llevarle a urgencias de un hospital, vamos a un café de Wilshire y nos quedamos allí sentados hasta las cuatro y luego nos vamos a casa.

Antes de ir a recoger a Blair, advierto que están dando otro programa religioso. El hombre que habla tiene el pelo gris, gafas de sol con cristales rosados y una chaqueta con las solapas muy grandes y sostiene un micrófono. Al fondo, iluminado por un neón, se ve un Cristo desolado.

—Te sientes confuso, te sientes frustrado —me dice—. No sabes lo que va a pasar. Por eso estás sin esperanzas, desamparado. Por eso no ves que la situación tenga salida. Pero Jesús vendrá. Vendrá a través del ojo de esa pantalla de la televisión. Jesús pondrá un obstáculo en tu vida para que puedas superarlo y Él te ayudará. Tú, Padre Celestial, liberarás a los cautivos. Enseñarás a los que no saben. Alabemos al Señor. Hagamos que esta sea una noche de Liberación. Dile a Jesús: «Perdona todos mis pecados», y entonces sentirás una alegría inefable. En el nombre del Señor. Amén… ¡Aleluya!

Espero que pase algo. Me quedo allí sentado casi una hora. No pasa nada. Me levanto, esnifo el resto de la coca que tengo en el armario y me paro en el Polo Lounge para tomar una copa antes de recoger a Blair, a la que he llamado hace un rato para decirle que tenía dos entradas para un concierto en el Amphitheater y ella no ha dicho nada excepto «Voy», y yo he añadido que la recogería a las siete y ella ha colgado. Me digo a mí mismo, mientras estoy sentado solo en la barra, que he estado a punto de llamar a uno de los números que han aparecido en la parte inferior de la pantalla del televisor. Pero me he dado cuenta de que no sabía qué decir. Y recuerdo ocho de las palabras que ha dicho el hombre. Hagamos que esta sea una noche de Liberación.

Recuerdo estas palabras cuando Blair y yo estamos sentados en Spago después de asistir al concierto y es tarde y estamos en el patio y Blair suspira y enciende un pitillo. Bebemos Kirs de champán, pero Blair ya tiene bastante y cuando pide la sexta copa le digo que me parece que ya ha bebido suficiente y ella me mira y dice:

—Hace calor y tengo mucha sed y pediré lo que me dé la puta gana.

Estoy sentado con Blair en una heladería italiana de Westwood. Blair y yo tomamos un helado italiano y hablamos. Blair menciona que esta semana ponen en la televisión por cable *La invasión de los ladrones de cuerpos*.

—¿La original? —digo, preguntándome por qué me hablará de esa película.

Empiezo a establecer conexiones paranoicas.

—No.

—¿La nueva versión? —pregunto cautamente.

—Sí.

—Vaya —digo, y vuelvo a mirar mi helado, que apenas he probado.

—¿Has notado el terremoto? —pregunta.

—¿Cómo?

—Que si esta mañana has notado el terremoto.

—¿Un terremoto?

—Sí.

—¿Esta mañana?

—Sí.

—Pues no lo he notado.

Pausa.

—Pensaba que a lo mejor lo habrías notado.

En el aparcamiento me vuelvo hacia ella y digo:

—Oye, lo siento, de verdad.

Aunque en realidad no estoy seguro de que lo sienta.

—No importa —dice ella—. Está bien.

Un semáforo rojo en Sunset, me inclino y la beso y ella mete la marcha y acelera. En la radio suena una canción que hoy ya he oído cinco veces pero igualmente la tarareo. Blair enciende un pitillo. Pasamos junto a una indigente con el pelo sucio y desgreñado y una bolsa de Bullock que está sentada junto a un montón de periódicos amarillentos. Se ha instalado en la acera junto a la autovía, y vuelve la cara hacia el cielo; tiene los ojos semicerrados porque le molesta el sol. Blair se dirige colina arriba por una calle lateral. No nos cruzamos con ningún coche. Blair sube el volumen de la radio. No ve al coyote. Es grande y de pelo pardo y el coche le alcanza de lleno en mitad de la calle y Blair grita y trata de enderezar el coche. Se le cae el cigarrillo de los labios. Pero el coyote ha quedado enganchado bajo las ruedas y aúlla y al coche le cuesta mucho avanzar. Blair detiene el coche y mete la marcha atrás y para el motor. Yo no quiero bajarme del coche, pero Blair llora histéricamente, con la cabeza en el regazo, y me bajo del coche y me dirijo lentamente hacia el coyote. Está tumbado de costado, tratando de mover la cola. Tiene los ojos muy abiertos con una expresión aterrada y veo cómo empieza a morir al sol mientras le sale sangre por la boca. Tiene las patas rotas y su cuerpo se mueve convulsivamente y observo el charco de sangre que se está formando junto a su cabeza. Blair me llama, pero la ignoro mientras miro al coyote. Me quedo allí unos diez minutos. No pasan coches. El coyote se agita y arquea el cuerpo y luego sus ojos quedan en blanco. Acuden moscas y revolotean por encima de la sangre y se posan en los ojos del coyote. Vuelvo al coche y Blair arranca y cuando llegamos a su casa pone la televisión y creo que ha tomado Valium o algo así y nos vamos a la cama mientras empieza *Another World*.

Y en la fiesta de Kim, esa noche, mientras todos juegan a Quarters y se emborrachan, Blair y yo nos sentamos en un sofá del salón y escuchamos un viejo álbum de XTC y Blair me dice que podríamos ir a la casa de invitados y nos levantamos y salimos del salón y pasamos junto a la piscina y una vez dentro de la casa de invitados nos besamos furiosamente y nunca la había deseado tanto y me coge por la espalda y me aprieta tanto contra ella que pierdo el equilibrio y los dos caemos, lentamente, sobre nuestras rodillas, y me mete las manos por debajo de la camisa y noto su mano suave y fresca en mi pecho y la beso, le chupo el cuello y luego el pelo, que huele a jazmín, y me aprieto contra ella y nos quitamos los vaqueros el uno al otro y nos magreamos y froto la mano contra sus bragas y cuando la penetro con demasiada precipitación, respira con fuerza e intento quedarme muy quieto.

Estoy sentado en Trumps con mi padre. Se ha comprado un Ferrari nuevo y ha empezado a usar sombrero vaquero. Se ha quitado el sombrero al entrar en Trumps, lo que por algún motivo me tranquiliza. Quiere que vea a su astrólogo y me recomienda que compre el Astroscopio Leo del año que empieza.

—Lo compraré.

—Las vibraciones planetarias influyen en el cuerpo de formas muy extrañas —dice.

—Lo sé.

La ventana junto a la que nos sentamos está abierta y me llevo una copa de champán a los labios y cierro los ojos y luego miro hacia las colinas. Un hombre de negocios se para junto a nuestra mesa. Le he pedido a mi madre que viniese pero ha dicho que estaba muy ocupada. Estaba tumbada junto a la piscina leyendo un número de *Glamour* cuando le he dicho que viniera.

—Solo a tomar una copa.

—No me apetece ir a Trumps «solo a tomar una copa».

He suspirado y no he dicho nada más.

—No me apetece ir a ningún sitio.

Una de mis hermanas, que estaba tumbada junto a ella, se ha encogido de hombros y se ha puesto las gafas de sol.

—Además, quiero ver la televisión por cable —ha dicho, molesta, mientras me alejaba de la piscina.

El hombre de negocios se va. Mi padre no habla mucho. Trato de entablar conversación. Le hablo del coyote que atropelló Blair. Me dice que es una pena. Sigue mirando por la ventana, contemplando su Ferrari rojo metalizado. Mi padre me pregunta si pienso volver a New Hampshire y yo le miro y digo que sí.

Me despertaron unas voces procedentes del exterior. El director a cuya fiesta mis padres habían llevado a mi abuela la noche anterior estaba fuera sentado a una mesa, bajo la sombrilla, tomando el aperitivo. La mujer del director estaba sentada a su lado. Mi abuela tenía buen aspecto junto a la sombrilla. El director empezó a hablar de la muerte de un especialista en una de sus películas. Contó que había tropezado. Y que cayó de cabeza sobre el pavimento desde mucha altura.

—*Era un chico estupendo. Solo tenía dieciocho años.*

Mi padre abrió otra cerveza.

Mi abuelo miró hacia abajo, abatido.

—*¿Cómo se llamaba? —preguntó tristemente.*

—*¿Cómo?*

El director le miró.

—*Que cómo se llamaba. ¿Cuál era el nombre de ese chico?*

Hubo un largo silencio y solo se oyó la brisa del desierto y el sonido del jacuzzi calentándose y de la piscina vaciándose y a Frank Sinatra cantando «Summer Wind», y recé para que el director se acordara del nombre. Por algún motivo me parecía muy importante. Necesitaba que el director dijera el nombre. El director abrió la boca y dijo:

—*Lo he olvidado.*

Después de almorzar con mi padre voy a casa de Daniel. La criada abre la puerta y me conduce al jardín, donde la madre de Daniel, a la que conocí en la fiesta del Día de los Padres de Camden, en New Hampshire, está jugando al tenis en bikini y con el cuerpo embadurnado de crema solar. Deja de jugar al tenis con la máquina lanzapelotas y se me acerca y me habla de Japón y de Aspen y luego de un sueño muy raro que tuvo la noche pasada en el que raptaban a Daniel. Se sienta en una tumbona junto a la piscina y la criada le trae té frío y la madre de Daniel coge el limón y lo chupa mientras mira al joven rubio que está sacando las hojas de la piscina y luego me dice que le duele la cabeza y que lleva días sin ver a Daniel. Entro en la casa y subo la escalera y paso junto al cartel de la nueva película del padre de Daniel y entro en el cuarto de Daniel y me pongo a esperarle. Cuando resulta evidente que Daniel no va a venir a su casa, cojo mi coche y me dirijo a casa de Kim a recoger mi chaleco.

Lo primero que oigo cuando entro en la casa son gritos. A la criada no parece que le importen y se dirige a la cocina después de abrirme la puerta. La casa todavía no está amueblada y cuando salgo a la piscina paso junto a los tiestos nazis. La que grita es Muriel. Me dirijo hacia la piscina, junto a la que está tumbada con Kim y Dimitri, y se calla. Dimitri lleva un traje de baño Speedo negro y un sombrero mexicano y tiene una guitarra eléctrica en las manos y trata de tocar «L. A. Woman», pero no puede tocar la guitarra muy bien porque le han vuelto a vender la mano después de que se la cortara en el New Garage y cada vez que rasga las cuerdas su cara se contrae. Muriel vuelve a gritar. Kim fuma un porro y al fin me ve y se levanta y me dice que creía que su madre estaba en Inglaterra pero que ha leído recientemente en *Variety* que estaba en Hawai buscando localizaciones con el director de su nueva película.

—Deberías llamar antes de venir —dice Kim, pasándole el canuto a Dimitri.

—Lo he hecho, pero no ha contestado nadie —miento, comprendiendo que aunque hubiera llamado nadie habría respondido al teléfono.

Muriel chilla y Kim la mira, distraídamente, y dice:

—Seguramente has llamado a los números que he desconectado.

—Seguramente —le digo—. Lo siento. Solo he venido a por mi chaleco.

—Bien, por esta vez… pase, pero no me gusta que se presente nadie sin avisar. Hay alguien que va por ahí contándole a todo el mundo dónde vivo. Y eso no me gusta.

—Lo lamento.

—Lo que quiero decir es que antes me gustaba ver gente, pero ahora no lo puedo soportar. No lo aguanto.

—¿Cuándo vuelves a clase? —le pregunto mientras nos dirigimos a su habitación.

—No lo sé. —Se pone a la defensiva—. Me parece que todavía no han empezado.

Entramos en su habitación. Solo hay un colchón enorme en el suelo y un equipo estéreo muy caro que ocupa toda una pared y un póster de Peter Gabriel y una pila de ropa en un rincón. También están las fotos que le sacaron en la fiesta de Fin de Año clavadas con chinchetas encima del colchón. Veo una de Muriel, con mi chaleco puesto, mirándome. Otra en la que estoy en el salón solo con vaqueros y camiseta, tratando de abrir una botella de champán, completamente ciego. Otra de Blair encendiendo un cigarrillo. Una de Spit, hecho polvo debajo de la bandera. Muriel grita fuera y Dimitri sigue intentando tocar la guitarra.

—¿Qué has estado haciendo? —pregunto.

—¿Qué has estado haciendo tú? —me pregunta ella.

No contesto.

Me mira desconcertada.

—Venga, Clay, cuenta. —Busca entre la pila de ropa—. Tienes que haber hecho algo.

—Ah, no sé.

—¿Qué has estado haciendo? —vuelve a preguntar.

—Cosas, supongo.

Me siento en el colchón.

—¿Qué cosas?

—Y yo qué sé. Cosas.

Pierdo la voz y durante un momento pienso en el coyote y creo que voy a echarme a llorar, pero se me pasa y solo quiero coger mi chaleco y largarme de allí.

—¿Como por ejemplo?

—¿Qué está haciendo tu madre?

—Es la narradora de un documental sobre los espásticos adolescentes. ¿Qué has estado haciendo, Clay?

Alguien, seguramente Spit o Jeff o Dimitri, ha escrito el alfabeto en la pared. Trato de concentrarme en él, pero advierto que la mayoría de las letras no están ordenadas, así que pregunto:

—¿Y qué más está haciendo tu madre?

—Ha ido a Hawai a rodar esa película. ¿Qué has estado haciendo?

—¿Has hablado con ella?

—No me hagas preguntas sobre mi madre.

—¿Por qué no?

—No digas eso.

—¿Por qué no? —vuelvo a preguntarle.

Encuentra mi chaleco.

—Aquí lo tienes.

—¿Y por qué no?

—¿Cómo estás? —me pregunta dándome el chaleco.

—¿Cómo estás tú?

—¿Cómo estás tú? —pregunta con voz temblorosa—. No me hagas más preguntas, Clay, ¿de acuerdo?

—¿Por qué no?

Se sienta en el colchón después de que yo me haya levantado. Muriel grita.

—Porque… no lo sé —suspira.

La miro y no siento nada y me marcho con mi chaleco.

Rip y yo estamos sentados en A.R.E. Records, en La Brea. Uno de los ejecutivos encargados de la promoción quiere comprarle algo de coca a Rip. El tipo encargado de la promoción tiene veintidós años y el pelo rubio platino y va vestido completamente de blanco. Rip quiere saber qué puede hacer por él.

—Necesito algo de coca —dice el tipo.

—Muy bien —dice Rip, y busca en el bolsillo de su cazadora de paracaidista.

—Hace buen día —dice el tipo.

—Sí, muy bueno —dice Rip.

—Estupendo —digo yo.

Rip le pregunta al tipo si le puede conseguir un pase de escenario para el concierto de The Fleshtones.

—Claro.

Le da a Rip dos sobres pequeños.

Rip dice que le llamará más tarde, muy pronto, y le pasa un sobre.

—Estupendo —dice el tipo.

Rip y yo nos levantamos y Rip le pregunta:

—¿Has visto a Julian?

El tipo está sentado detrás de una enorme mesa de despacho y coge el teléfono y le dice a Rip que espere un minuto. El tipo no dice nada por teléfono. Rip se inclina sobre la mesa y coge una maqueta de un nuevo grupo inglés que está encima de la gran superficie de cristal. El tipo cuelga el teléfono y Rip me pasa la maqueta. La miro y vuelvo a dejarla en la mesa. El tipo hace una mueca y le dice a Rip que podrían quedar para almozar.

—¿Qué hay de Julian? —pregunta Rip.

—No lo sé —dice el encargado de promoción.

—Muchas gracias —dice Rip guiñándole un ojo.

—Ya puedes decirlo, chaval —dice el tipo, y se arrellana en su butaca, alzando los ojos muy despacio.

Trent me llama mientras Blair y Daniel están en mi casa y nos invita a una fiesta en Malibu; dice algo de que a lo mejor los X se dejan caer por allí. Blair y Daniel dicen que les parece una buena idea y aunque pienso que en realidad no me apetece ir a una fiesta ni tengo muchas ganas de ver a Trent, el día está despejado y un paseo en coche hasta Malibu tampoco parece tan mala idea. Daniel quiere ir a ver las casas que derribó la tormenta. Vamos por la Pacific Coast Highway y tengo cuidado de conducir despacio y Blair y Daniel hablan del nuevo álbum de U2, y cuando suena la nueva canción de las Go-Go's me dicen que suba el volumen y cantan, medio en broma, medio en serio. Refresca a medida que nos acercamos al océano y el cielo se pone púrpura, y pasamos junto a una ambulancia y dos coches de policía aparcados a un lado de la carretera cuando enfilamos hacia la oscuridad de Malibu y Daniel saca la cabeza para fisgar mejor y yo voy más despacio. Blair dice que debe de haber habido un accidente, y los tres nos quedamos callados un momento.

Los X no están en la fiesta de Malibu. Tampoco hay mucha gente. Trent abre la puerta llevando unos slips y nos dice que él y un amigo utilizan la casa de un tipo mientras este se encuentra en Aspen. Al parecer Trent viene aquí con frecuencia y tiene un montón de amigos, en su mayoría modelos masculinos rubios y guapos como Trent, y nos dice que nos sirvamos una copa y algo de comer y él se dirige al jacuzzi y se tumba bajo el cielo que se ha nublado. Por lo general solo hay chicos en la casa y llenan todas las habitaciones y todos parecen el mismo: delgados, el cuerpo muy moreno, pelo rubio corto, ojos azules de mirada vacía, la misma voz sin entonación, y me pregunto si me pareceré a ellos. Trato de olvidarlo y consigo una copa y observo el salón. Dos chicos están jugando al Comecocos. Otro chico está tumbado en un sofá muy mullido fumando un porro y viendo la MTV. Uno de los chicos que juega al Comecocos grita y le da un golpe muy fuerte a la máquina.

Hay dos perros corriendo por la playa desierta. Uno de los chicos rubios los llama:

—Hanoi, Saigón, venid aquí.

Y los perros, un par de dobermans, acuden dando elegantes saltos hasta el porche. El chico los acaricia y Trent sonríe y se pone a quejarse de los camareros de Spago. El chico que le dio el golpe al Comecocos se acerca y mira a Trent.

—Necesito las llaves del Ferrari. Voy a por más alcohol. ¿Sabes dónde están las tarjetas de crédito?

—Que lo carguen a la cuenta —dice Trent con voz aburrida—. Y trae muchas tónicas, ¿entendido, Chuck?

—¿Y las llaves?

—En el coche.

—Por supuesto.

El sol empieza a asomar entre las nubes y el chico de los perros se sienta junto a Trent y se pone a hablar con nosotros. Al parecer también es modelo y está intentando abrirse camino en el mundo del cine, como Trent. Pero lo único que le ha conseguido su agente es un anuncio de Carl's Jr.

—Oye, Trent, ya está listo —dice un chico desde el interior de la casa.

Trent me da un golpecito en el hombro y me guiña un ojo y me dice que tengo que ver algo; hace un gesto a Blair y Daniel para que vengan también. Volvemos al interior de la casa y bajamos a un vestíbulo y entramos en lo que parece el dormitorio principal. Hay unos diez chicos en la habitación, además de nosotros cuatro y los dos perros, que nos han seguido al interior de la casa. En la habitación todo el mundo está mirando una gran pantalla de televisión. Yo también miro.

Hay una chica, desnuda, de unos quince años, en una cama, con los brazos atados por encima de la cabeza y las piernas abiertas, y cada uno de los pies atado a uno de los postes de la cama. Está tumbada encima de algo que parece papel de periódico. La película es en blanco y negro y borrosa y resulta difícil determinar sobre lo que está tumbada, pero parece un periódico. La cámara cambia a un chico, delgado, desnudo, con pinta asustada, de unos dieciséis años, o quizá diecisiete, al que empuja dentro de la habitación un tipo negro y gordo que tambien está desnudo y con una tremenda erección. El chico mira a la cámara durante un tiempo demasiado largo con expresión de pánico en la cara. El negro ata al chico en el suelo y me pregunto por qué hay una sierra mecánica en un rincón de la habitación, al fondo, y luego se folla al chico y después a la chica, y luego desaparece de la pantalla. Cuando vuelve lleva una caja. Parece una caja de herramientas y durante un momento me siento confuso y Blair sale de la habitación. Y el negro saca un picahielos y lo que parece una percha de alambre y unos clavos y luego un cuchillo fino y delgado y se dirige hacia la chica y Daniel sonríe y me da un codazo en las costillas. Salgo cuando el negro trata de clavarle un clavo en la garganta a la chica.

Me siento al sol y enciendo un pitillo y trato de tranquilizarme. Pero alguien sube el volumen, de modo que allí, sentado en el porche, oigo las olas y los gritos de las gaviotas y hasta el zumbido de los cables telefónicos, y noto el sol brillando encima de mí y oigo el rumor de los árboles agitados por la cálida brisa y los chillidos de la chica que llegan del televisor del dormitorio principal. Trent sale veinte, tal vez treinta minutos después, cuando ya se han apagado los gritos del chico y de la chica, y veo que está empalmado. Se sienta junto a mí.

—El tipo pagó quince mil dólares por eso.

Los dos chicos que jugaban al Comecocos salen al porche con unas copas en la mano, y uno le dice a Trent que no cree que sea real, aunque la escena de la sierra mecánica tenía mucha fuerza.

—Te apuesto lo que quieras a que es real —dice Trent, un poco a la defensiva.

Me siento en la butaca y observo a Blair paseando por la orilla.

—Sí, yo también creo que es real —dice el otro chico, metiéndose en el jacuzzi—. Tiene que serlo.

—¿Verdad? —dice Trent, algo esperanzado.

—Quiero decir que ¿cómo se puede simular una castración? Le cortan los huevos muy, muy despacio. Eso no se puede simular —dice el chico.

Trent asiente con la cabeza, sonriendo, con la cara roja, y yo vuelvo a sentarme al sol.

West, uno de los secretarios de mi abuelo, se presentó aquella tarde. Cargaba de espaldas, llevaba un corbatín muy fino y una chaqueta con el escudo de los hoteles de mi abuelo en la espalda, y mascaba chicle de regaliz Beechnut. Habló del calor y del viaje en avión en el Lear. Venía con Wilson, otro de los ayudantes de mi abuelo, que llevaba una gorra roja de béisbol, y traía recortes de periódico del tiempo que había hecho en Nevada durante los dos últimos meses. Los hombres se sentaron y hablaron de béisbol y bebieron cerveza y mi abuela también estaba sentada con ellos, con una blusa colgando holgadamente de su frágil cuerpo y un pañuelo azul y amarillo muy ceñido al cuello.

Trent y yo estamos en Westwood y me cuenta que el tipo volvió de Aspen y echó a todo el mundo de la casa de Malibu, así que Trent se instalará con alguien del Valle durante un par de días, y luego irá a Nueva York a rodar algo. Y cuando le pregunto qué va a rodar, se encoge de hombros y dice:

—Cosas, tío, ya sabes.

Me dice que quiere volver a Malibu, que echa de menos la playa. Me pregunta si quiero algo de coca. Le digo que sí, pero que ahora no. Trent me coge del brazo bruscamente y dice:

—¿Por qué no?

—Mira, Trent —le contesto—. Me duele la nariz.

—Te sentirás mejor. Podemos ir al piso de arriba de Hamburger Hamlet.

Miro a Trent.

Trent me mira.

Tardamos solo cinco minutos y, cuando volvemos a la calle, no me encuentro mucho mejor. Trent dice que él sí y que quiere ir al salón de máquinas recreativas que hay al otro lado de la calle. También me cuenta que Sylvan, un francés, murió de sobredosis el viernes. Le digo que no conocía a Sylvan. Se encoge de hombros.

—¿Nunca te has chutado? —pregunta.

—¿Que si me he chutado?

—Sí.

—No.

—Ah, chaval —dice con tono siniestro.

Cuando llegamos a su coche, el Ferrari de algún amigo suyo, me sangra la nariz.

—Te conseguiré algo de Decadron o Celestone. Sirven para destaponar los conductos nasales —dice.

—¿De dónde has sacado eso? —pregunto, con un Kleenex lleno de mocos y sangre en la mano—. ¿De dónde has sacado esa mierda?

Hay una larga pausa y él arranca el coche y dice:

—¿Hablas en serio?

Mi abuela se puso muy grave aquella tarde. Empezó a toser sangre. Ya había empezado a quedarse calva y había perdido mucho peso debido a un cáncer de páncreas. Esa misma noche, mientras mi abuela estaba en la cama, los otros siguieron con sus conversaciones, y hablaban de México y de corridas de toros y de películas malas. Mi abuelo se cortó en un dedo al abrir una cerveza. Pidieron comida a un restaurante italiano del pueblo y un chico con un parche en los vaqueros en que se leía «Aerosmith Live» trajo el pedido. Mi abuela se levantó. Se encontraba un poco mejor. No quiso comer nada. Me senté junto a ella y mi abuelo hizo un juego de manos con dos dólares de plata.

—*¿Has visto, abuela?* —*le pregunté.*

Estaba demasiado asustado para mirarla a los ojos.

—*Sí, lo he visto* —*dijo, y trató de sonreír.*

Estoy a punto de quedarme dormido, pero llega Alana sin avisar y la criada la deja entrar y Alana llama a la puerta de mi cuarto y yo espero un largo rato antes de abrir. Ha estado llorando y entra y se sienta en mi cama y dice algo de un aborto y se echa a reír. No sé qué decir, cómo manejar aquello, así que digo que lo siento. Se levanta y se dirige a la ventana.

—¿Que lo sientes? —pregunta—. ¿El qué?

Enciende un cigarrillo, pero no puede fumar y lo deja.

—No lo sé.

—Verás, Clay…

Se ríe y mira por la ventana y durante un minuto creo que va a echarse a llorar. Estoy de pie junto a la puerta y miro el póster de Elvis Costello, a sus ojos, que la miran a ella, que nos miran, y trato de apartarla de aquella mirada, así que le digo que venga y se siente, y ella cree que quiero abrazarla o algo así y se acerca a mí y me rodea el cuerpo con los brazos y dice algo como:

—Creo que ya no nos queda ningún tipo de sentimientos.

—¿Era de Julian? —le pregunto, poniéndome tenso.

—¿De Julian? No. No era de él —dice Alana—. No le conoces.

Se queda dormida y yo bajo la escalera, salgo, y me siento junto al jacuzzi, mirando el agua, el vapor que sube de ella, que me calienta.

Salgo de la piscina poco antes del amanecer y vuelvo a mi habitación. Alana está sentada junto a la ventana fumando un cigarrillo y mirando hacia el Valle. Me dice que ha sangrado mucho toda la noche y que se encuentra débil. Vamos a desayunar a Encino y no se quita las gafas de sol y toma cantidad de zumo de naranja. Cuando volvemos a mi casa, se baja del coche y dice:

—Gracias.

—¿Por qué?

—No lo sé —me dice al cabo de un rato.

Sube a su coche y se aleja.

Cuando tiro de la cadena del retrete de mi cuarto de baño está atascado con Kleenex, y el agua se tiñe de sangre y bajo la tapa porque no puedo hacer otra cosa.

Paso por casa de Daniel ese mismo día. Está sentado en su habitación jugando con una consola Atari en el televisor. No tiene muy buen aspecto. Está muy quemado por el sol y parece más joven de lo que le recuerdo en New Hampshire, y cuando le digo algo repite parte de lo que le digo y luego asiente. Le pregunto si recibió la carta de Camden preguntándole los cursos que va a seguir el próximo semestre y saca la cinta de Pitfall y pone un juego llamado Megamania. No para de frotarse la boca y cuando comprendo que no me va a responder, le pregunto qué ha estado haciendo estos días.

—¿Que qué he estado haciendo?

—Sí.

—Salir por ahí.

—¿Por dónde has estado?

—¿Por dónde? Por ahí. Pásame el porro que está en la mesilla.

Le doy el porro y luego una caja de cerillas de The Ginger Man. Lo enciende y se pone a jugar de nuevo a Megamania. Me pasa el porro y vuelvo a encenderlo. Unas cosas amarillas caen sobre el personaje de Daniel. Se pone a hablarme de una chica que conoce. No me dice cómo se llama.

—Es muy guapa, tiene dieciséis años y vive por aquí cerca y algunos días va a Westward Ho, en Westwood Boulevard, y se encuentra con su camello. Es un tipo de diecisiete años de la uni. Y el tipo se pasa el día entero poniéndola hasta arriba de caballo y... —Daniel no consigue esquivar una de las cosas amarillas que caen y alcanza a su personaje, que desaparece de la pantalla. Suspira y sigue—. Y luego le pasó ácido y se la llevó a una fiesta en las colinas o en la Colony y luego... y luego...

Daniel se calla.

—¿Y luego qué? —pregunto, volviendo a pasarle el porro.

—Y luego se la follaron todos los de la fiesta.

—Oh.

—¿Tú qué opinas?

—Me parece… bastante mal.

—¿No es una buena idea para un guión de cine?

Pausa.

—¿Para un guión de cine?

—Sí. Un guión de cine.

—No estoy muy seguro.

Deja de jugar a Megamania y pone Donkey Kong.

—No creo que vuelva a New Hampshire —dice.

Al cabo de un rato le pregunto por qué.

—No lo sé. —Calla y vuelve a encender el canuto—. Es como si nunca hubiera estado allí. —Se encoge de hombros, da una calada al porro—. Es como si hubiera estado aquí siempre.

Me lo pasa. Niego con la cabeza.

—¿Así que no vas a volver?

—Voy a escribir ese guión.

—¿Y qué opinan tus padres?

—¿Mis padres? Les da igual. ¿Les importaría a los tuyos?

—Supongo que sí.

—Los míos han ido a pasar un mes a Barbados y luego van a ir… mierda… no me acuerdo… ¿A Versalles? No lo sé. Les da igual —repite.

—Creo que deberías volver —le digo.

—En realidad no veo para qué —dice Daniel, sin apartar los ojos de la pantalla, y me pregunto si alguna vez hemos sabido para qué íbamos. Por fin Daniel se levanta y apaga el televisor y luego mira por la ventana—. Hoy hace un viento muy raro. Muy fuerte.

—¿Y qué hay de Vanden? —pregunto.

—¿Quién?

—Vanden. Vamos, Daniel. Vanden.

—Puede que no vuelva —dice volviendo a sentarse.

—Pero puede que sí.

—¿Quién es Vanden?

Me acerco a la ventana y le digo a Daniel que me marcho dentro de cinco días. Hay revistas junto a la piscina, y el viento las hace volar por el suelo de cemento. Una revista cae dentro. Daniel no dice nada. Antes de irme veo que enciende otro porro. También me fijo en la cicatriz de sus dedos y por algún motivo me siento mejor.

Estoy en una cabina telefónica de Beverly Hills.

—Diga —contesta mi psiquiatra.

—Hola. Soy Clay.

—Ah, hola, Clay. ¿Dónde estás?

—En una cabina telefónica de Beverly Hills.

—¿Vas a venir hoy?

—No.

Pausa.

—Ya. ¿Y por qué no?

—Creo que no me estás ayudando demasiado.

Otra pausa.

—¿De verdad que es por eso?

—¿Cómo?

—Oye, ¿por qué no…?

—Olvídalo.

—¿En qué parte de Beverly Hills estás?

—Creo que no volveré a verte nunca más.

—Me parece que voy a llamar a tu madre.

—Haz lo que quieras. No me importa nada. Pero no voy a volver, ¿entendido?

—Mira, Clay, no sé qué decir y me doy cuenta de que está siendo difícil. Oye, tío, tenemos que…

—Vete a tomar por el culo.

La mañana del último día, West se despertó muy temprano. Llevaba la misma chaqueta y el mismo corbatín y Wilson llevaba la misma gorra roja de béisbol. West me ofreció otro chicle Bazooka y dijo que uno te deja con ganas así que cogí dos. Me preguntó si todo estaba listo y le dije que no lo sabía. La mujer del director vino a decirnos que cogerían un avión a Las Vegas a pasar el fin de semana. Mi abuela tomaba Percodan. Partimos hacia el aeropuerto en el Cadillac. A primera hora de la tarde llegó por fin el momento de subir al avión y dejar el desierto. Nadie dijo nada en la sala de espera del aeropuerto hasta que mi abuelo se volvió y miró a mi abuela y dijo:

—Muy bien, compañera, vamos allá.

Mi abuela murió dos meses después en una cama muy grande y alta de una habitación vacía de hospital a las afueras del desierto.

Desde ese verano he recordado a mi abuela de muchas maneras. Recuerdo cuando jugaba a las cartas con ella y cuando me sentaba en su regazo en los aviones, y el modo en que se apartó muy despacio de mi abuelo en una de las fiestas que este celebraba en uno de sus hoteles cuando trató de besarla. Y recuerdo cuando estaba en el Bel Air Hotel y me regaló unos caramelos rosa y verdes, y en La Scala, a última hora de la noche, bebiendo sorbitos de vino tinto y canturreando para sí «On the Sunny Side of the Street».

Me encuentro de pie a la puerta de mi colegio. No recuerdo que hubiera hierba ni flores, buganvillas, creo, cuando yo iba; y el asfalto que estaba junto al edificio de la administración ha sido reemplazado por árboles, y los árboles secos que solían cernirse lánguidamente sobre la valla junto a la caseta de seguridad ya no están secos. Todo el aparcamiento ha sido asfaltado de nuevo. Tampoco recuerdo un gran cartel amarillo que dice: «Cuidado. Perros peligrosos» que cuelga de la verja de entrada y que resulta visible desde mi coche, aparcado en la calle del colegio. Como las clases del día han terminado, decido entrar.

Me dirijo a la verja y luego me detengo un momento antes de entrar, casi a punto de dar la vuelta. Pero no lo hago. Cruzo la verja pensando que esta es la primera tarde desde hace mucho tiempo que entro. Me fijo en tres niños que trepan por unos aparatos de gimnasia situados cerca de la puerta de entrada y distingo a dos profesores que tuve en primero o segundo, pero no les digo nada. En vez de eso, miro por la ventana de una clase, donde una chica está haciendo un dibujo de la ciudad. Desde donde estoy puedo oír al coro del colegio ensayando en la sala contigua al aula donde se encuentra la chica, cantando canciones que había olvidado que existían, como «Itsy Bitsy Spider» y «Little White Duck».

A menudo pasaba por delante del colegio. Siempre que llevaba en coche a mis hermanas a su colegio, me acercaba y veía a los niños con uniforme negro bajar de los autocares amarillos y en el aparcamiento a los profesores que se reían antes de las clases. No creo que ninguno más de los que íbamos al colegio pasara o parara a echar un vistazo por allí, pues nunca he visto a nadie conocido. Un día vi a un chico con el que había ido al colegio, probablemente cuando estaba en primero, en pie junto a la verja, con los dedos agarrados a la tela metálica y mirando a lo lejos, y me dije que el chico tal vez viviera cerca o algo así y por eso estaba allí solo, lo mismo que yo.

Enciendo un cigarrillo y me siento en un banco y me fijo en que hay dos cabinas telefónicas y recuerdo que no solía haber cabinas telefónicas. Unas madres van a recoger a sus hijos y los niños las ven y corren por el patio y se echan en sus brazos y la visión de los niños corriendo por el asfalto me da paz y no me apetece nada levantarme del banco. Pero me encuentro entrando en un viejo pabellón y estoy seguro de que se trata del pabellón donde estaba mi clase de tercero. Lo están desmantelando. Junto al pabellón abandonado está la antigua cafetería. También vacía y también la están desmantelando. La pintura de los dos edificios está deslucida por todas partes y se descascarilla en enormes parches de verde pálido.

Voy a otro pabellón y la puerta está abierta y entro. Los deberes del día están escritos en el encerado y los leo detenidamente, y luego me dirijo a las taquillas pero no consigo encontrar la mía. No consigo recordar cuál era. Entro en el servicio de los chicos y aprieto un dispensador de jabón. Cojo una revista amarillenta en el auditorio y toco unas pocas notas al piano. Toqué el piano, ese mismo piano, en un recital de Navidad cuando iba a segundo, y toco unos cuantos acordes de la canción que interpreté y las notas resuenan en el auditorio vacío. Siento miedo por alguna razón y abandono la sala. Fuera, un par de chicos juegan a balonmano. Había olvidado que existía ese deporte. Salgo del colegio sin volver la vista atrás y entro en mi coche y me alejo.

Me encuentro con Julian ese mismo día en un viejo salón de juegos de Westwood Boulevard. Está jugando a Invasores del Espacio y me acerco y me detengo a su lado. Julian parece cansado y habla muy despacio y le pregunto dónde se ha metido y él dice que por ahí y le pido el dinero y le digo que me voy a ir dentro de poco. Julian dice que hay algunos problemas, pero que si voy con él a casa de un tipo, podrá darme el dinero.

—¿Quién es ese tipo? —le pregunto.

—El tipo es… —Julian espera y se carga a una hilera entera de Invasores del Espacio—. Es un tipo al que conozco. Te dará el dinero.

Julian pierde uno de sus guerreros y murmura algo.

—¿Por qué no lo consigues tú y luego me lo das? —le digo.

Julian levanta la vista del juego y me mira.

—Espera un minuto —dice, y deja el salón.

Cuando vuelve, me dice que si quiero el dinero tengo que ir con él.

—La verdad es que no quiero ir.

—Entonces te veré luego, Clay —dice Julian.

—Espera.

—¿Qué te pasa? ¿Quieres venir o no? ¿Quieres o no quieres el dinero?

—¿Por qué tenemos que hacer las cosas de este modo?

—Porque… —es todo lo que dice Julian.

—¿No hay otra manera de arreglar las cosas?

Pausa.

—¿Julian?

—¿Quieres el dinero o no?

—Julian.

—¿Quieres el dinero o no, Clay?

—Sí.

—Entonces ven. Vamos.

Salimos del salón de juegos.

El apartamento de Finn está en Wilshire Boulevard, no demasiado lejos del ático de Rip. Julian dice que hace seis o quizá siete meses que conoce a Finn, pero a juzgar por su expresión deduzco que lleva yendo al apartamento de Finn bastante más tiempo que ese, mucho más. El encargado del aparcamiento conoce su coche y le deja aparcar en el área de residentes. Julian saluda al portero, que está sentado en un sofá. Para llegar al piso de Finn cogemos el ascensor y Julian aprieta el botón A para subir al ático. El ascensor está vacío y Julian se pone a cantar una vieja canción de The Beach Boys, en voz muy alta, y yo me apoyo en la pared del ascensor y respiro profundamente cuando este se para. Puedo verme reflejado en el espejo: pelo rubio demasiado corto, piel muy morena, las gafas de sol puestas.

Cruzamos el descansillo a oscuras para llegar a la puerta de Finn y Julian llama al timbre. Un chico, de unos quince años, con pelo rubio decolorado y el aspecto duro y bronceado de la mayoría de los surfistas de Venice o Malibu abre la puerta. El chico, que solo lleva unos pantalones cortos grises, y al que reconozco como el chico que salía de casa de Rip el día en que este debía reunirse conmigo en el Cafe Casino, nos mira con malevolencia cuando entramos. Me pregunto si es Finn o si Finn se está acostando con este surfista y la idea me pone tenso y el estómago se me encoge un poco. Julian sabe dónde está el «despacho» de Finn, el sitio donde Finn hace sus negocios. Por algún motivo empiezo a sentirme receloso y nervioso. Julian llega a una puerta blanca y los dos entramos en una habitación muy sobria, totalmente blanca, con ventanas que van del suelo al techo y espejos en el techo y la sensación de vértigo me domina y casi tengo que agarrarme para mantener el equilibrio. Observo que desde esta habitación puedo ver el ático de mi padre en Century City y me pongo paranoico y empiezo a preguntarme si mi padre me podrá ver.

—Hola, hola, hola. Si es mi gran amigo…

Finn está sentado detrás de una gran mesa de despacho y tendrá entre veinticinco y treinta años, rubio, muy moreno, sin nada destacable en su aspecto. La mesa está vacía si se exceptúa un teléfono y un sobre con el nombre de Finn escrito en él y dos frasquitos de plata. Además, en la mesa hay un pisapapeles de cristal con un pececito dentro, cuyos ojos miran con desamparo, casi como si suplicara ser liberado, y me pregunto: si el pez ya está muerto, ¿importa algo eso?

—¿Y este quién es? —pregunta Finn sonriéndome.

—Es un amigo mío. Se llama Clay. Clay, te presento a Finn —dice Julian encogiéndose de hombros, como distraído.

Finn me examina atentamente y sonríe de nuevo y luego se vuelve hacia Julian.

—¿Cómo fue todo la noche pasada? —pregunta Finn todavía sonriendo.

Julian hace una pausa y luego dice:

—Muy bien.

Y baja la vista.

—¿Muy bien? ¿Y eso es todo? Jason me ha llamado hoy y me ha dicho que eras fantástico. Realmente de primera.

—¿Ha dicho eso?

—Sí. De verdad. Le gustaste de verdad.

Empiezo a sentirme débil, paseo por la habitación, busco un cigarrillo en el bolsillo.

Otra pausa y luego Julian tose.

—Bueno, chico, si hoy no estás muy ocupado, tienes una cita a las cuatro en el Saint Marquis con un ejecutivo de fuera de la ciudad. Y después, esta noche, la fiesta de Eddie, ¿vale?

Finn mira a Julian y luego me mira a mí.

—¿Sabes una cosa? —Empieza a dar golpecitos con los dedos en la mesa—. Es una gran idea que hayas traído a tu amigo. El tipo del Saint Marquis quiere dos chicos. Uno solo para mirar, claro, pero Jan está en la Colony y no podrá volver…

Miro a Finn y luego a Julian.

—No, Finn. Es un amigo —dice Julian—. Le debo dinero. Por eso lo he traído.

—Oye, puedo esperar —digo, comprendiendo en cierto modo que es demasiado tarde, y la adrenalina empieza a circular a toda velocidad por mi cuerpo.

—¿Por qué no vais los dos? —dice Finn, volviendo a mirarme—. Julian, lleva a tu amigo.

—No, Finn. No quiero complicar a nadie más en esto.

—Oye, Julian —dice Finn, que ya no sonríe y pronuncia cada palabra con mucha claridad—. He dicho que creo que tú y tu amigo deberíais ir al Saint Marquis a las cuatro, ¿entendido? —Luego se vuelve hacia mí—. Tú quieres tu dinero, ¿no es así?

Niego con la cabeza.

—¿No lo quieres? —me pregunta incrédulo.

—Sí. Claro que lo quiero —digo yo—. Por supuesto que sí.

Finn se vuelve hacia Julian y luego hacia mí.

—¿Te encuentras bien?

—Sí —le digo—. Solo tengo el tembleque.

—¿Quieres un Quaalude?

—No, gracias.

Vuelvo a mirar al pez.

Finn se vuelve hacia Julian.

—¿Cómo están tus padres, Julian?

—No lo sé —dice Julian todavía con la vista baja.

—Ya, bien… bueno… —empieza Finn—. ¿Por qué no vais los dos al hotel y luego os reunís conmigo en The Land's End y después vamos todos a la fiesta de Eddie y os doy el dinero a ti y a tu amigo? ¿De acuerdo, chicos? ¿Qué tal? ¿Qué os parece?

—¿Dónde quedo contigo? —pregunta Julian.

—En el piso de arriba de The Land's End —dice Finn—. ¿Qué pasa? ¿Algo va mal?

—Nada —dice Julian—. ¿Cuándo?

—¿A las nueve y media?

—Bien.

Miro a Julian y vuelvo a ver la imagen del club deportivo a la salida del colegio en quinto grado.

—¿Te encuentras bien, Julie? —dice Finn volviendo a mirar a Julian.

—Sí, solo estoy nervioso.

A Julian se le estrangula la voz. Va a decir algo y abre la boca. Oigo un avión sobrevolando allá en lo alto. Luego una ambulancia.

—¿Qué te pasa, chico? Puedes contármelo.

Finn parece entender y se acerca a Julian y le pasa el brazo por los hombros.

Creo que Julian está llorando.

—¿Puedes disculparnos un momento? —me pregunta Finn educadamente.

Salgo de la habitación y cierro la puerta, pero puedo oír sus voces.

—Esta noche será la última… la última. ¿Lo entiendes, Finn? No creo que pueda hacerlo más. Me pone enfermo sentirme tan… lo paso mal todo el rato y no puedo seguir… ¿No puedo hacer otra cosa por ti? ¿Solo hasta que te devuelva lo que te debo?

La voz de Julian tiembla y luego se rompe.

—Vamos, vamos, pequeño —murmura Finn—. Está bien, pequeño.

Podría irme ahora mismo del ático. Aunque haya venido en el coche de Julian, podría irme del ático. Podría llamar a alguien que me viniera a buscar.

—No, Finn, no.

—Toma…

—No, Finn. Ya no. No lo quiero. He decidido dejarlo.

—Como quieras.

Hay un silencio realmente largo y solo oigo encenderse un par de cerillas y el ruido de unas palmaditas, y al cabo de un rato Finn habla:

—Sabes que eres el mejor de los chicos que tengo y que yo te cuido. Como si fueras mi propio hijo… —Hay una pausa y luego Finn dice—: Estás muy delgado.

El surfista pasa como una exhalación junto a mí y entra en la habitación y le dice a Finn que alguien llamado Manuel le llama por teléfono. El surfista sale. Julian se levanta de la mesa del despacho de Finn, abrochándose la manga, y se despide de Finn.

—Y no te hundas. Tienes que mantenerte a flote, ¿entendido? —dice Finn guiñándole un ojo.

—Claro que sí.

—¿Nos veremos esta noche, Clay?

Quiero decirle que no, pero tengo la sensación de que esta noche le veré y asiento y digo, tratando de sonar convincente:

—Sí.

—Sois fantásticos, chicos. Realmente fabulosos.

Sigo a Julian y cuando cruzo el salón para llegar a la puerta, veo al surfista tumbado en el suelo, con la mano derecha por dentro de los pantalones y comiendo una taza de Captain Crunch. Alterna entre la lectura de la caja de cereales y *La dimensión desconocida*, que está viendo en la enorme pantalla de televisión que hay en medio del salón, y Rod Serling nos mira y nos dice que acabamos de entrar en la dimensión desconocida, y aunque no lo quiero creer resulta tan surrealista que sé que es cierto y miro al chico tumbado en la alfombra del salón por última vez y luego me vuelvo despacio y sigo a Julian por la puerta hasta el rellano a oscuras de Finn. En el ascensor, bajando para coger el coche de Julian, digo:

—¿Por qué no me dijiste que el dinero era para esto?

Y Julian, con ojos vidriosos y una mueca muy triste en la cara, dice:

—¿Y a quién le importa? ¿A ti? ¿De verdad te importa?

No digo nada y me doy cuenta de que en realidad no me importa y de pronto me siento tonto, estúpido. También comprendo que iré con Julian al Saint Marquis. Que quiero comprobar si esas cosas pasan de verdad. Y mientras baja el ascensor, y pasa el segundo piso, y luego el primero, y luego más abajo, me doy cuenta de que el dinero ya no importa. Que lo único que pasa es que quiero ver lo peor.

El Saint Marquis. Cuatro en punto. Sunset Boulevard. El sol se ve enorme y ardiente, un monstruo naranja, cuando Julian entra en el aparcamiento. Por algún motivo ha pasado dos veces por delante del hotel y le pregunto por qué y él me pregunta si de verdad quiero seguir con esto y yo le digo que sí. En cuanto nos bajamos del coche, miro la piscina y me pregunto si se habrá ahogado alguien en ella. El Saint Marquis es un hotel hueco; tiene una piscina en un patio interior rodeado de habitaciones. Hay un tipo gordo en una tumbona. El cuerpo, untado de crema solar, le brilla. Nos mira cuando nos dirigimos hacia la habitación a la que Finn le ha dicho a Julian que tenía que ir. El tipo ocupa la habitación 001. Julian llega a la puerta y llama. Las cortinas están corridas y una cara, una sombra, se asoma. La puerta la abre un tipo de cuarenta o cuarenta y cinco años, con pantalones de sport y camisa y corbata, que pregunta:

—¿Qué desean?

—¿Es usted el señor Erickson?

—Sí... Claro, y vosotros debéis de ser...

Se le desvanece la voz al mirarnos a Julian y a mí.

—¿Pasa algo? —pregunta Julian.

—No, en absoluto. ¿Por qué no entráis?

—Gracias —dice Julian.

Sigo a Julian dentro de la habitación y me enervo. Aborrezco las habitaciones de los hoteles. Mi bisabuelo murió en una. Del Stardust de Las Vegas. Pasaron dos días antes de que lo encontraran.

—¿Os apetece una copa, chicos?

Tengo la sensación de que estos tipos siempre preguntan lo mismo, y aunque me apetece una, miro a Julian, que niega con la cabeza y dice:

—No, muchas gracias, señor.

—¿Por qué no os ponéis cómodos y os sentáis?

—¿Le importa que me quite la chaqueta? —pregunta Julian.

—Claro que no, hijo.

El hombre se pone a preparar una copa.

—¿Va a quedarse mucho tiempo en Los Ángeles? —pregunta Julian.

—No, no, solo una semana, por negocios.

El tipo toma un trago.

—¿A qué se dedica?

—A negocios inmobiliarios, hijo.

Miro a Julian y me pregunto si este hombre conocerá a mi padre. Bajo la vista y me doy cuenta de que no tengo nada que decir, pero trato de pensar en algo; la necesidad de oírme la voz se hace más intensa y sigo preguntándome si mi padre conocerá a este tipo. Trato de alejar esa idea de mi mente, la idea de que este tipo pueda acercarse a mi padre en Ma Maison o Trumps, pero no lo consigo, ahí sigue.

Julian habla.

—¿De dónde es usted?

—De Indiana.

—¿De verdad? ¿De qué sitio de Indiana?

—De Muncie.

—Oh. Muncie, Indiana.

—Eso es.

Hay una pausa y el hombre deja de mirar a Julian para clavar sus ojos en mí y luego de nuevo en Julian. Toma otro trago.

—Bien, ¿a cuál de los dos le apetece ponerse en pie?

El tipo de Indiana aprieta su vaso con fuerza y luego lo deja en la barra. Julian se levanta.

El hombre asiente y pregunta:

—¿Por qué no te quitas la corbata?

Julian se la quita.

—¿Y los zapatos y los calcetines?

Julian se los quita también y luego baja la vista.

—Y… bueno, lo demás.

Julian se quita la camisa y los pantalones y el hombre se desnuda y mira por la ventana que da a Sunset Boulevard y luego vuelve a mirar a Julian.

—¿Te gusta vivir en Los Ángeles?

—Sí, me gusta Los Ángeles —dice Julian, doblando sus pantalones.

El hombre me mira y luego dice:

—Oh, no, ahí no. ¿Por qué no te sientas ahí, junto a la ventana? Es mejor.

El tipo hace que me siente en una butaca que coloca cerca de la cama y luego, satisfecho, se dirige hacia Julian y le pone la mano en el hombro. Su mano se desliza hacia el slip de Julian y Julian cierra los ojos.

—Eres un chico muy guapo.

Una imagen de Julian en el colegio jugando al fútbol en un prado muy verde.

—Sí, eres un chico muy guapo —dice el hombre de Indiana—, y aquí eso es lo único que importa.

Julian abre los ojos y los clava en los míos y yo aparto la vista y miro una mosca que zumba perezosamente en la pared de al lado de la cama. Me pregunto qué van a hacer el tipo y Julian. Me digo que podría irme. Podría decirles al tipo de Muncie y a Julian que me quiero ir. Pero, una vez más, las palabras no me salen y me quedo allí sentado, y la necesidad de ver lo peor me invade, imperiosa, intensa.

El hombre se dirige al cuarto de baño y nos dice que volverá dentro de un momento. Cierra la puerta del cuarto de baño. Me levanto de la silla y voy hasta a la barra a buscar algo de beber. Me fijo en la maleta del hombre, que este ha dejado encima de la barra, y la registro. Estoy tan nervioso que ni siquiera sé por qué lo hago. Hay un montón de tarjetas de visita pero no las quiero mirar por miedo a ver la de mi padre. También hay tarjetas de crédito y la cantidad habitual de dinero en efectivo que alguien de fuera de la ciudad suele traer cuando viene a la ciudad. También hay fotos de una mujer bastante guapa y con aspecto cansado, probablemente la esposa del tipo, y dos fotos de sus hijos, dos niños, bien plantados, con el pelo rubio y corto y camisa a rayas, y cara de satisfacción. Las fotos me deprimen y vuelvo a dejar la maleta en la barra y me pregunto si las habrá sacado el hombre. Miro a Julian, que está sentado en el borde de la cama, la cabeza gacha. Me siento y luego me inclino y pongo el equipo estereofónico.

El hombre sale del cuarto de baño y me dice:

—No. Nada de música. Quiero oírlo todo. Todo.

Apaga el equipo. Le pregunto si puedo utilizar el cuarto de baño. Julian se quita el slip. El hombre sonríe por algún motivo y dice que sí y entro en el cuarto de baño y cierro la puerta y abro los dos grifos del lavabo y vacío varias veces la cisterna mientras trato de vomitar, pero no puedo. Me enguajo la boca y vuelvo a la habitación. El sol empieza a descender, las sombras se alargan en las paredes, y Julian intenta sonreír. El hombre sonríe otra vez, las sombras se alargan en su cara.

Enciendo un cigarrillo.

El hombre hace que Julian se dé la vuelta.

Me pregunto si estará en venta.

No cierro los ojos.

Uno puede desaparecer aquí sin saberlo.

Julian y yo salimos al aparcamiento. Llevamos en el hotel desde las cuatro en punto y ahora son las nueve. Me he pasado cinco horas sentado en la butaca. Cuando entramos en el coche de Julian le pregunto adónde vamos.

—A The Land's End, a por tu dinero. ¿O es que no quieres tu dinero? –pregunta–. ¿No lo quieres, Clay?

Miro la cara de Julian y recuerdo muchas mañanas sentados en su Porsche, aparcado en doble fila, fumando porros enrollados muy finos y escuchando el nuevo álbum de Squeeze antes de que las clases empezaran a las nueve, y aunque la imagen me viene una y otra vez, ya no me perturba. Ahora la cara de Julian me parece más vieja.

Son más o menos las diez y The Land's End está hasta los topes. El club se encuentra en Hollywood Boulevard y Julian aparca en un callejón de la parte de atrás y camino a su lado hasta la entrada y Julian se abre paso entre la cola y los chicos se meten con él pero Julian los ignora. Por la puerta de atrás se entra al club como si se entrara en una bodega y está oscuro y parece una cueva con todos esos tabiques que dividen el club en zonas pequeñas donde grupos de gente hacen trapicheos en la oscuridad. Cuando entramos, el encargado, que parece un surfista de cincuenta años, está discutiendo con un grupo de chavales que tratan de entrar y que evidentemente no tienen la edad. Cuando el encargado le guiña el ojo a Julian y nos deja entrar, una de las chicas que hacen cola me mira y sonríe. Sus labios húmedos, cubiertos con pintalabios de un rosa chillón, se abren y enseña los dientes de arriba como si fuera una especie de perro o de lobo que gruñe a punto de atacar. Conoce a Julian y dice algo desagradable que no puedo oír y Julian le saca el dedo.

Antes de que pueda distinguir las caras de la gente, tengo que esperar a que mis ojos se acostumbren a la oscuridad. Esta noche el club está de bote en bote y algunos de los chicos que esperan en la parte de atrás no consiguen entrar. Suena «Tainted Love», muy fuerte, en el equipo y la pista de baile está llena de gente, en su mayor parte jóvenes, en su mayor parte aburridos, intentando parecer animados. Hay unos cuantos chicos sentados a las mesas y todos miran a una chica, que está muy buena, con ganas de bailar con ella o de que les haga una ma-mada en el coche de papá, y también hay muchas chicas con aire de indiferencia y aburrimiento fumando cigarrillos de cla-vo, y todas ellas, o al menos la mayoría, miran a un chico de pelo rubio que está al fondo con las gafas de sol puestas. Julian conoce al tipo y me cuenta que también trabaja para Finn.

Pasamos entre la multitud y entramos en la parte de atrás, dejando el estruendo de la música y la sala llena de humo a nuestras espaldas. Al fondo y subiendo la escalera es donde se encuentra Lee, el nuevo DJ a tiempo parcial. Finn está senta-do en un sofá hablando con él y parece que es la primera no-che de Lee, que, rubio y muy bronceado, parece nervioso. Finn nos lo presenta a Julian y a mí y luego le pregunta a Ju-lian cómo ha ido todo y Julian murmura que bien y le dice a Finn que quiere el dinero. Finn le dice que se lo dará, que nos lo dará, en la fiesta de Eddie; que quiere que Julian le haga un pequeño favor; después de que le haga ese pequeño favor, Finn dice que nos dará el dinero más que encantado.

Aunque Lee tiene dieciocho años parece mucho más jo-ven que Julian o yo y eso me asusta. La cabina de Lee da a Hollywood Boulevard y, cuando Julian suspira y se aparta de Finn, que se pone a hablar con Lee, yo me acerco a la ventana y miro los coches. Pasa una ambulancia. Luego se oye la sirena de un coche de policía. Lee parece un colegial, dice Finn, y luego algo como:

—Les gusta eso. La pinta de colegial.

Parece que Lee está dispuesto y también Finn, y Lee dice que está un poco nervioso y Finn ríe y dice:

—No hay de qué preocuparse. No tendrás que hacer casi nada. Al menos con estos tipos. Son los típicos ejecutivos de es-tudios, eso es todo. —Finn sonríe y endereza la corbata de Lee—. Y si tienes que hacer algo… bueno, ganaréis dinero, queridos.

Y Julian dice demasiado alto:

—Mierda.

Y Finn dice:

—Ten cuidado.

Y yo no sé qué estoy haciendo aquí y miro a Lee, que sonríe en silencio, y no veo que Julian sonría con la misma sonrisa inocente.

Julian sigue a Finn y Lee que van en el Rolls-Royce de Finn y Julian les dice en un semáforo en rojo que tiene que dejarme en mi coche para que pueda seguirles hasta casa de Eddie. Julian me deja en mi coche, aparcado junto al salón de juegos de Westwood, y luego sigo a los dos coches colina arriba.

La casa a la que sigo a Finn y a Lee y a Julian está en Bel Air y es una enorme casa de piedra con césped delante en pendiente y surtidores y gárgolas cerniéndose desde el tejado. La casa está en Bellagio y me pregunto qué significa Bellagio cuando enfilo el ancho camino circular y un criado me abre la puerta y cuando me bajo del coche veo que Finn ha echado los brazos sobre Julian y Lee y cruzan la puerta principal delante de mí. Les sigo al interior de la casa y dentro casi todos son hombres, aunque también hay algunas mujeres, y todos parecen conocer a Finn. Algunas personas incluso conocen a Julian. Hay una luz estroboscópica en el salón y durante un momento siento un ligero descoloque que casi se convierte en una especie de vértigo y casi se me doblan las rodillas y parece que todos hablan a la vez mirándose sin parar unos a otros; el ritmo de la música va acompasado con los movimientos y las miradas.

—Hola, Finn, mi gran hombre, ¿qué tal te va?

—Hola, Bobby. Genial. ¿Cómo te van las cosas?

—Fabulosamente. ¿Y este quién es?

—Este es mi mejor chico. Julian. Y este es Lee.

—Hola —dice Bobby.

—Hola —dice Lee, y sonríe y baja la vista.

—Saluda —dice Finn a Julian dándole un codazo.

—Hola.

—¿Quieres bailar?

Finn le vuelve a dar un codazo.

—No, ahora no. ¿Me disculpáis un momento?

Y Julian se aleja de Finn y Lee y Finn le llama y yo sigo a Julian entre la gente, pero le pierdo y enciendo un cigarrillo y me dirijo al cuarto de baño, pero lo encuentro cerrado. The Clash cantan «Somebody Got Murdered» y me apoyo en la pared y me entra un sudor frío y hay un chico al que me parece conocer, sentado en una butaca y que me mira desde el otro lado del salón y yo le miro a él, confuso, preguntando si me conoce, pero comprendo que da lo mismo. El chico está muy colocado y ni siquiera me ve, de hecho no ve nada.

Se abre la puerta del cuarto de baño, y un hombre y una mujer salen juntos, riendo, y pasan junto a mí y yo entro y cierro la puerta y destapo el frasquito y advierto que me queda muy poca coca, pero esnifo la que me queda y bebo agua del grifo y me miro en el espejo, me paso la mano por el pelo, y luego por las mejillas, y decido que necesito un afeitado. De repente Julian entra violentamente con Finn. Finn le empuja contra la pared y echa el pestillo.

—¿Qué demonios estás haciendo?

—Nada —grita Julian—. Nada. Déjame en paz. Me voy a casa. Dale su dinero a Clay.

—Estás comportándote como un auténtico capullo y quiero que dejes de hacerlo. Tengo clientes muy importantes aquí esta noche y no me vas a joder el negocio.

—Déjame en paz, joder —dice Julian—. Y no me toques.

Me apoyo en la pared y miro al suelo.

Finn me mira y luego mira a Julian y suelta:

—Dios, Julian, eres realmente patético, tío. ¿Qué piensas hacer? No tienes elección. ¿Lo entiendes? No lo puedes dejar. Ahora no te puedes marchar. ¿Vas a ir corriendo a buscar a papá y a mamá?

—¡Cállate!

—¿A tu carísimo psiquiatra?

—¡Cállate, Finn!

—¿Y a quién vas a recurrir? ¿Crees que te quedan amigos? ¿Qué diablos vas a hacer? ¿Dejarlo así como así?

—¡Cállate!

—Hace un año acudiste a mí porque les debías muchísima pasta a unos camellos y te di trabajo y te presenté a gente y te regalé toda esa ropa y toda la jodida coca que podías esnifar, ¿y qué haces tú para agradecérmelo?

—Ya lo sé. Cierra el pico —grita Julian con voz ahogada y tapándose la cara con las manos.

—Te comportas como un soberbio, un egoísta, un capullo…

—Vete a tomar por el culo…

—… desagradecido…

—… chulo de mierda.

—¿Es que no aprecias lo que he hecho por ti? —Finn aprieta a Julian con más fuerza contra la pared—. ¿Eh? ¿No lo aprecias?

—Déjame en paz, chulo de mierda.

—No lo aprecias, ¿eh? ¡Contéstame!

—¿Y qué has hecho tú por mí? Me has convertido en un chapero.

Julian tiene la cara roja y los ojos húmedos y yo estoy aterrado, limitándome a mirar al suelo cuando Julian o Finn me miran.

—No, tío, no he sido yo —dice Finn con tranquilidad.

—¿Qué?

—Yo no te he convertido en un chapero. ¡Lo has hecho tú solito!

La música se filtra a través de las paredes y de hecho puedo sentir cómo vibra contra mi espalda, casi atravesándome, y Julian sigue con la vista baja e intenta de apartarse de Finn, pero Finn le agarra por los hombros y Julian se echa a llorar y le dice a Finn que lo siente mucho.

—No puedo volver a hacerlo… ¡Por favor, Finn…!

—Lo siento, pequeño, pero no puedo dejar que te marches tan fácilmente.

Julian cae poco a poco al suelo hasta quedarse sentado.

Finn saca una jeringuilla y una cuchara y una caja de cerillas de Le Dome.

—¿Qué vas a hacer? —solloza Julian.

—Mi mejor chico tiene que tranquilizarse esta noche.

—Finn… Lo estoy dejando. —Julian se echa a reír—. En serio. Ya he pagado mi jodida deuda. No quiero más. Se acabó.

Pero Finn no le escucha. Se pone en cuclillas y agarra el brazo de Julian y le sube la manga de la chaqueta y la camisa y se quita el cinturón y se lo ata a Julian alrededor del brazo y le da unos golpecitos para encontrar una vena y al cabo de un rato encuentra una y mientras calienta algo en la cuchara de plata Julian no para de decir:

—No, Finn, no lo hagas.

Finn clava la aguja en el brazo de Julian.

—¿Qué puedes hacer? No tienes adónde ir. ¿Vas a contárselo a alguien? ¿Que te convertiste en un chapero para pagar una jodida deuda por culpa de la droga? Tío, eres más ingenuo de lo que creía. Pero vamos, pequeño, enseguida te encontrarás mejor.

Desaparezca aquí.

La jeringuilla se llena de sangre.

Eres un chico muy guapo y eso es lo único que importa.

Me pregunto si está en venta.

A la gente le da miedo mezclarse. Mezclarse.

Finalmente Finn saca a Julian del cuarto de baño y yo les sigo y Finn lleva a Julian escalera arriba, y los dos van subiendo por la larga escalera, y veo que hay una puerta abierta, solo una rendija, en lo alto de la escalera, y la música se para durante un minuto y oigo gemidos quedos saliendo de la habitación, y cuando Finn empuja a Julian dentro de la habitación, de repente se oye un grito, y Julian desaparece con Finn y la puerta se cierra de un portazo. Me doy la vuelta y salgo de la casa.

Después de dejar la fiesta me dirijo a The Roxy, donde tocan los X. Casi son las doce de la noche y The Roxy está abarrotado y me encuentro a Trent junto a la entrada y me pregunta dónde he estado y no digo nada y luego me da una copa. En

el club hace calor y me paso la copa por la frente, por la cara.
Trent dice que Rip anda por aquí y acompaño a Trent hasta
donde se encuentra Rip, y Rip me dice que van a cantar «Sex
and Dying in High Society» en cualquier momento y yo digo
que estupendo. Rip lleva unos 501 negros y una camiseta blanca de los X, y Spin lleva una camiseta donde se lee: «Gumby.
Pokey. The Blockheads», y también unos 501 negros. Rip se
me acerca y lo primero que dice es:

—Aquí hay demasiados jodidos mexicanos, tío.

Spin bufa y dice:

—Vamos a matarlos a todos.

Trent debe pensar que es una buena idea porque se ríe y
asiente.

Rip me mira y dice:

—Dios, tío. Tienes muy mal aspecto. ¿Qué te pasa? ¿Quieres
un poco de coca?

Me las arreglo para negar con la cabeza y apuro la copa de
Trent.

Un chico negro con un bigote fino y una camiseta de «Under The Big Black Sun» tropieza conmigo y Rip le agarra por
los hombros y lo empuja sobre los que bailan y grita:

—¡Jodido negrata de mierda!

Spin está hablando con un tipo llamado Ross y Spin se
vuelve hacia Rip cuando este deja de mirar al escenario.

—Oye, Ross ha encontrado algo en el callejón que hay detrás de Flip.

—¿Qué? —grita Rip, interesado.

—Un cuerpo.

—¿Me tomas el pelo?

Ross mueve la cabeza, sonriendo nervioso.

—Eso tengo que verlo —dice Rip con una mueca—. Vamos,
Clay.

—No —digo—. Mejor no. Quiero ver la actuación.

—Vamos. De todos modos, quiero que veas algo que hay en
mi casa.

Trent y yo seguimos a Rip y a Spin al coche de Rip y Rip nos dice que nos reunamos con él en el callejón de detrás de Flip. Trent y yo vamos Melrose abajo y Flip tiene todas las luces encendidas y está cerrado y doblamos a la izquierda y aparcamos en el descampado detrás del edificio. Ross se baja de su VW Rabbit y nos hace gestos a Rip y a Spin y a mí y a Trent de que le sigamos al callejón que hay detrás del almacén desierto.

—Espero que no hayan avisado a la policía —murmura Ross.

—¿Quiénes más lo sabían? —pregunta Rip.

—Unos amigos míos. Lo encontraron esta tarde.

Dos chicas salen del oscuro callejón, riéndose convulsivamente y agarradas una a otra. Una dice:

—Dios, Ross, ¿quién es ese tipo?

—No lo sé, Alicia.

—¿Qué le ha pasado?

—Una sobredosis, supongo.

—¿Habéis llamado a la policía?

—¿Para qué?

Una de las chicas dice:

—Vamos a traer a Marcia. Se quedará alucinada.

—Chicas, ¿habéis visto a Mimi? —pregunta Ross.

—Ha estado aquí con Derf, pero ya se han ido. Nos vamos a The Roxy a ver a los X.

—Venimos de allí.

—¿Sí? ¿Qué tal están?

—Bien. Pero no han cantado «Adult Books».

—¿No la han cantado?

—No.

—Nunca lo hacen.

—Ya lo sé.

—Es una pena.

Las chicas se van, hablando de Billy Zoom, y Rip y Spin y Trent y yo seguimos a Ross a lo más profundo del callejón.

El chico está caído contra la pared, apoyado en ella. Tiene la cara hinchada y pálida y los ojos cerrados, la boca abierta.

La cara pertenece a un chaval de unos dieciocho o diecinueve años, y hay sangre seca en su labio superior.

—Dios —dice Rip.

Spin tiene los ojos abiertos como platos.

Trent se limita a quedarse allí y dice algo como:

—¡Joder!

Rip da un golpecito con el pie en el estómago del chico.

—¿Seguro que está muerto?

—¿Lo ves moverse? —se ríe convulsivamente Ross.

—Dios mío, tío. ¿Cómo te has enterado? —pregunta Spin.

—Ha corrido la voz.

No puedo apartar la vista del chico muerto. Hay polillas volando por encima de su cabeza, dando vueltas alrededor de la luz que cuelga sobre él, iluminando la escena. Spin se arrodilla y mira la cara del chico y la examina atentamente. Trent se echa a reír y enciende un porro. Ross está apoyado en la pared fumando y me ofrece un cigarrillo. Digo que no con la cabeza y enciendo uno de los míos, pero la mano me tiembla mucho y lo tiro.

—Fijaos en eso, no lleva calcetines —murmura Trent.

Nos quedamos un poco más. En el callejón sopla el viento. Se oye el ruido del tráfico que llega de Melrose.

—Esperad un momento —dice Spin—. Creo que conozco a este chico.

—Chorradas —dice Rip, riendo.

—Tío, estás enfermo —dice Trent, pasándome el porro.

Doy una calada y se lo devuelvo a Trent y me pregunto qué pasaría si los ojos del chico estuvieran abiertos.

—Vámonos de aquí —dice Ross.

—Espera.

Rip le hace una seña para que se quede y luego pone un cigarrillo en la boca del chico. Nos quedamos allí cinco minutos más. Luego Spin se levanta y mueve la cabeza, se rasca el Gumby y dice:

—Tío, necesito un cigarrillo.

Rip me coge del brazo y nos dice a Trent y a mí:

—Oíd, tenéis que venir a mi casa.

—¿Por qué? —pregunto.

—Tengo algo en casa que os dejará alucinados.

Trent se ríe nervioso y expectante y salimos todos del callejón.

Cuando llegamos a casa de Rip, en Wilshire, nos lleva al dormitorio. Hay una chica desnuda, muy joven y muy guapa, tumbada en el colchón. Tiene las piernas abiertas y atadas a los postes de la cama y los brazos atados por encima de la cabeza. Tiene el coño todo irritado y parece reseco y puedo ver que se lo han afeitado. No deja de gemir y murmura palabras y mueve la cabeza a un lado y a otro con los ojos semicerrados. Alguien le ha puesto mucho maquillaje, torpemente y la chica se pasa la lengua muy despacio, repetidamente por los labios. Spin se arrodilla junto a la cama y coge una jeringuilla y le susurra algo al oído. La chica no abre los ojos. Spin le clava la jeringuilla en el brazo. Me limito a mirar. Trent dice:

—Uau.

Rip dice algo.

—Tiene doce años.

—Y está muy prieta, tío —se ríe Spin.

—¿Quién es? —pregunto.

—Se llama Shandra y va a Corvalis —es todo lo que dice Rip.

Ross está jugando al Centipede en el salón y el sonido del videojuego llega hasta donde estamos. Spin pone una cinta y luego se quita la camiseta y luego los vaqueros. Está empalmado y acerca su polla a los labios de la chica y luego nos mira.

—Podéis mirar si queréis.

Salgo de la habitación.

Rip me sigue.

—¿Por qué? —es todo lo que le pregunto a Rip.

—¿Qué?

—¿Por qué, Rip?

Rip parece confuso.

—¿Por qué qué? ¿Te refieres a eso de ahí dentro?

Trato de asentir.

—¿Y por qué no? ¿Qué diablos?

—Dios mío, Rip, si solo tiene once años.

—Doce —me corrige Rip.

—Bueno, pues doce —digo, pensando un momento en eso.

—Oye, no me mires como si fuera un degenerado o algo así. No lo soy.

—Eso… —Se me estrangula la voz.

—¿Eso qué? —quiere saber Rip.

—Eso… no me parece que esté bien.

—¿Y qué está bien? Si uno quiere algo, tiene derecho a cogerlo. Si quieres hacer algo, tienes derecho a hacerlo.

Me apoyo en la pared. Oigo a Spin gimiendo en el dormitorio y luego el sonido de una mano que golpea. Probablemente un rostro.

—Pero tú no necesitas nada. Lo tienes todo —le digo.

Rip me mira.

—No es cierto.

—¿Qué?

—No lo tengo todo.

Hay una pausa y luego pregunto:

—Mierda, Rip, ¿y qué es lo que no tienes?

—No tengo nada que perder.

Rip se aparta y entra en el dormitorio. Miro dentro y Trent ya se está desabrochando la camisa mientras mira a Spin, que está sentado a horcajadas sobre la cabeza de la chica.

—Oye, Trent —digo—. Vámonos de aquí.

Me mira a mí y luego a Spin y a la chica y dice:

—Creo que me voy a quedar.

Permanezco allí quieto. Spin vuelve la cabeza mientras embiste dentro de la boca de la chica, y dice:

—Si no te vas a quedar, cierra la puerta, ¿vale?

—Deberías quedarte —dice Trent.

Cierro la puerta y me alejo atravesando el salón, donde Rosse sigue jugando al Centipede.

—He hecho el récord de puntos —dice. Observa que me marcho y pregunta—: Oye, ¿adónde vas?

No digo nada.

—Apuesto a que vas a ir otra vez a echarle un buen vistazo a ese cadáver, ¿verdad?

Cierro la puerta detrás de mí.

A unas cuantas millas de Rancho Mirage había una casa que perteneció a un amigo de uno de mis primos. Era rubio y bien parecido e iba a ir a Stanford en otoño y pertenecía a una buena familia de San Francisco. Solía venir a Palm Springs los fines de semana y celebrábamos fiestas en la casa del desierto. Chicos de Los Ángeles y San Francisco y Sacramento venían a pasar el fin de semana y se quedaban a las fiestas. Una noche, hacia el final del verano, hubo una fiesta que en cierto modo se nos fue de las manos. Una chica de San Diego que había estado en la fiesta fue encontrada a la mañana siguiente con las muñecas y los tobillos atados. La habían violado repetidamente. También había sido estrangulada y la habían degollado y le habían cortado los pechos y alguien había puesto unas velas en su lugar. Encontraron su cuerpo en el autocine Sun Air colgando boca abajo de los columpios que había en una esquina del aparcamiento. Y el amigo de mi primo desapareció. Unos decían que se había ido a México y otros que se había ido a Canadá o Londres. Sin embargo, la mayoría pensaba que se había ido a México. Metieron a su madre en una residencia y la casa estuvo cerrada durante dos años. Luego, una noche ardió y un montón de gente decía que el chico había vuelto de México, o Londres o Canadá y le había pegado fuego.

Conduzco por la carretera del desfiladero donde estuvo la casa, llevando todavía la misma ropa que tenía puesta esa misma tarde, en el despacho de Finn, en la habitación del hotel Saint Marquis, en la parte de atrás de Flip, en el callejón, y aparco el coche y me quedo allí sentado, fumando, esperando ver aparecer una sombra o una silueta detrás de las rocas. Enderezo la cabeza y trato de oír un murmullo o un susurro. Hay quien dice que por la noche puede verse al chico caminando por los desfiladeros, oteando el desierto, vagando entre las ruinas de la casa. Otros dicen que le cogió la policía y lo encerró en Camarillo, a cientos de millas de Palo Alto y Stanford.

Recuerdo toda esta historia con claridad mientras me alejo de las ruinas de la casa y empiezo a adentrarme en el desierto. La noche es cálida y el tiempo me recuerda a aquellas noches en Palm Springs cuando mi madre y mi padre recibían a sus amigos y jugaban al bridge y yo cogía el coche de mi padre y bajaba la capota y conducía por el desierto oyendo a The Eagles o a Fleetwood Mac, con el aire caliente agitándome el pelo.

Y recuerdo las mañanas en que era el primero en levantarme y miraba cómo salía vapor de la piscina, y mi madre se pasaba tumbada al sol el día entero, y todo estaba tan callado y quieto que podía ver cómo las sombras originadas por el sol se desplazaban por el fondo de la piscina y por la espalda oscura y bronceada de mi madre.

La semana antes de irme, uno de los gatos de mi hermana desaparece. Es un gatito pardo y mi hermana dice que la noche anterior ha oído chillidos y un gruñido. Hay trozos de piel y sangre seca cerca de la puerta. Han tenido que encerrar en las casas muchos gatos de la vecindad porque si los dejaban salir de noche había muchas posibilidades de que se los comieran los coyotes. Algunas noches, cuando hay luna llena y el cielo está claro, miro afuera y veo sombras moverse por las calles, en los desfiladeros. Antes pensaba que se trataba de perros grandes y deformes. Más tarde me di cuenta de que eran coyotes. Algunas noches, muy tarde, al conducir por Mulholland he tenido que girar bruscamente o frenar, y a la luz de los faros he visto coyotes corriendo despacio a través de la niebla con trapos rojos en la boca y solo cuando vuelvo a casa comprendo que los trapos rojos son gatos. Es algo a lo que uno debe acostumbrarse si vive en las colinas.

Escrito en la pared del servicio de Pages, debajo de donde dice «Julian la mama de muerte. Y está muerto»: «Follaos a papá y mamá. Chupad coño. Chupad polla. Vais a morir los dos por lo que me hicisteis. Me dejasteis morir. Ya no hay ninguna esperanza para vosotros dos. Tu hija es iraní y tu hijo maricón. Podéis pudriros en el jodido infierno de mierda. Arded, putos imbéciles. Arded, mamones. Arded».

La semana antes de irme escucho una canción de un compositor de Los Ángeles sobre la ciudad. Escucho la canción una y otra vez, pasando del resto del álbum. No era que la canción me gustara mucho; más bien me confundía y trataba de descifrarla. Por ejemplo, quería saber por qué estaba de rodillas el vagabundo de la canción. Alguien me explicó que el vagabundo estaba muy agradecido de encontrarse en la ciudad y no en cualquier otro sitio. Le dije a esa persona que me parecía que se equivocaba y la persona me dijo, en un tono que encontré ligeramente conspirador:

—No, tío… No lo creo.

Pasé un montón de tiempo sentado en mi habitación la semana antes de irme, viendo un programa de televisión que daban por las tardes en el que ponían vídeos mientras un DJ de una emisora local de rock presentaba los videoclips. Había unos cien chicos y chicas bailando delante de la enorme pantalla donde aparecían los vídeos; las imágenes hacían que parecieran enanos… y reconocía a gente a la que había visto en los clubs, bailando en el programa, sonriendo a la cámara, y luego se daban la vuelta y miraban a la luminosa y monolítica pantalla que emitía para ellos las imágenes destellantes. Algunos incluso cantaban la letra de las canciones que ponían. Pero yo me concentraba en los jóvenes que no cantaban la letra;

los jóvenes que la habían olvidado; los jóvenes que quizá nunca la supieron.

Rip y yo íbamos un día a Mulholland antes de mi partida y Rip mordisqueaba un ojo de plástico y llevaba una camiseta de Billy Idol. Yo trataba de sonreír y Rip dijo algo sobre ir una noche a Palm Springs antes de que me marchara y yo asentí vencido por el calor. En una de las curvas más traicioneras de Mulholland, Rip aminoró la marcha y aparcó en el borde de la carretera y se bajó y me hizo gesto de que hiciera lo mismo. Señaló los muchos coches destrozados que había en el fondo del barranco. Algunos estaban oxidados y quemados, otros nuevos y aplastados, y sus brillantes colores, casi obscenos, resplandecían al sol. Traté de contar los coches; por lo menos debía de haber veinte o treinta coches allí abajo. Rip me habló de unos amigos suyos que se habían matado en aquella curva; gente que no conocía bien la carretera. Gente que cometió un error en plena noche y salió volando hacia la nada. Rip me contó que algunas noches podía oírse el chirrido de los neumáticos y luego un prolongado silencio. Un rrriiish y luego, casi inaudible, un impacto. Y a veces, si uno escucha con atención, se oyen gritos en la noche que no duran mucho. Rip dijo que dudaba de que llegaran a sacar los coches de allí, y que probablemente esperarían hasta que estuviera lleno de coches y los utilizarían como una advertencia ejemplar y luego los quemarían. Y allí parado, mirando el Valle cubierto de niebla, notando los vientos calientes y el polvo que se arremolinaba a mis pies, y el sol, una bola de fuego gigantesca que se elevaba sobre todo aquello, le creí. Y después, cuando volvimos al coche, dio un giro hacia una calle que yo estaba bastante seguro de que no tenía salida.

—¿Adónde vamos? —pregunté.

—No lo sé —dijo—. Simplemente damos una vuelta en coche.

—Pero esta carretera no lleva a ninguna parte —le dije.

—No importa.

—¿Y qué es lo que importa? —le pregunté al cabo de un rato.

—Solo que estamos en ella, tío —dijo.

Antes de irme, una mujer fue degollada y arrojada desde un coche en marcha en Venice; una serie de incendios incontrolados se extendieron por Chatsworth, obra de un pirómano; un hombre mató en Encino a su mujer y a sus dos hijos. Cuatro chicos, a ninguno de los cuales conocía, murieron en un accidente de coche en la Pacific Coast Highway. Muriel volvió a ingresar en el Cedars-Sinai. Un chico, apodado Conan, se suicidó en una fiesta universitaria de la U.C.L.A. Y yo me encontré casualmente con Alana en el Beverly Center.

—No te he visto por ahí —le dije.

—Ya, bueno, es que no he salido mucho.

—Me encontré con alguien que te conoce.

—¿Quién?

—Evan Dickson. ¿Le conoces?

—Estoy saliendo con él.

—Sí, ya lo sé. Eso fue lo que me dijo.

—Pero ahora anda follándose a un tal Derf, que va a Buckley.

—Oh.

—Sí, oh —dijo ella.

—¿Y qué?

—Es algo tan típico…

—Sí —le dije—. Lo es.

—¿Lo has pasado bien mientras has estado aquí?

—No.

—Eso es malo.

Y veo a Finn en el Hughes Market, en Doheny, un martes por la tarde. Hace calor y me he pasado todo el día tumbado junto a la piscina. Cojo el coche y acompaño a mis hermanas al mercado. Hoy no han ido al colegio y llevan pantalones cortos y camiseta y gafas de sol, y yo me he puesto un viejo traje de baño Polo y una camiseta. Finn está con Jared y me ve en la sección de congelados. Lleva sandalias y una camiseta del Hard Rock Cafe y me mira una vez, baja la vista y luego vuelve a mirar. Le doy la espalda rápidamente y me dirijo hacia las verduras. Me sigue. Cojo un paquete de seis botellas de té helado y luego un cartón de cigarrillos. Vuelvo a mirarle y nuestras miradas se encuentran y me doy la vuelta. Me sigue hasta la caja.

—Hola, Clay.

Me guiña un ojo.

—Hola —digo, sonriendo y alejándome.

—Ya te pillaré más adelante —dice, apuntándome con los dedos como si fueran una pistola.

La última semana. Estoy en Parachute con Trent. Trent se está probando ropa. Me apoyo en una pared leyendo un número atrasado de *Interview*. Un chico de pelo rubio y muy guapo, que me parece que es Evan, también se está probando ropa. No entra en un probador. Lo hace en medio de la tienda, delante de un gran espejo. Se mira mientras permanece allí quieto, solo con el slip puesto y unos calcetines de cuadros escoceses. El chico sale de su trance cuando su novio, también rubio y guapo, aparece detrás de él y le da una palmadita en la nuca. Luego se prueba otra cosa. Trent me dice que vio al chico con Julian en el Porsche negro de este aparcado fuera del Beverly Hills High, hablando con otro chico que parecía tener unos catorce años. Trent dice que aunque Julian llevaba gafas de sol se podía ver que tenía los ojos morados.

Mientras hojeo el periódico al caer el sol junto a la piscina, leo una historia local acerca de un hombre que intentó enterrarse vivo en su patio porque hacía «mucho calor, demasiado calor». Leo el artículo por segunda vez y luego dejo el periódico a un lado y me pongo a observar a mis hermanas. Todavía llevan sus bikinis y sus gafas de sol y están tumbadas bajo el cielo que se oscurece, jugando a un juego en el que fingen estar muertas. Me piden que decida cuál de ellas parece estar muerta más tiempo; la que gane puede empujar a la otra a la piscina. Las observo y escucho la cinta que suena en mi walkman. Las Go-Go's cantan: «I wanna be worlds away / I know things will be okay when I get worlds away». Quien fuera que grabara la cinta dejó que el disco siguiera y cierro los ojos y las oigo empezar a cantar «Vacation», y cuando abro los ojos mis hermanas están flotando boca abajo en la piscina, intentando averiguar cuál de ellas se hace la ahogada durante más tiempo.

Voy al cine con Trent. El cine al que vamos, en Westwood está casi vacío si se exceptúan unas cuantas personas diseminadas por la sala, la mayoría de ellas solas. Veo a un viejo amigo del instituto sentado con una rubia muy guapa en las primeras filas, cerca del pasillo, pero no digo nada y cuando se apagan las luces siento cierto alivio porque Trent no le haya reconocido. Más tarde, en el salón recreativo, Trent juega a una máquina llamada Burger Time en la que salen perritos calientes y huevos de esos de los vídeos que persiguen a un cocinero, bajo y con barba, y Trent quiere enseñarme a jugar, pero yo no quiero. Me quedo mirando los perritos calientes que se mueven enloquecidos y por algún motivo resulta superior a mis fuerzas y me alejo, buscando algún otro juego. Pero parece que todas las máquinas solo tienen escarabajos y avispas y polillas y serpientes y mosquitos y ranas y arañas enloquecidas que comen enormes moscas púrpura y la música que sale de los juegos me aturde y me da dolor de cabeza y las imágenes se mueven frenéticamente, incluso después de salir del salón.

Camino de casa, Trent me dice:

—Bueno, hoy te has comportado como un capullo.

En Beverly Glen voy detrás de un Jaguar rojo con una matrícula que dice «DECLINE» y tengo que frenar.

—¿Qué te pasa, Clay? —me pregunta Trent.

—Nada —consigo decir.

—¿Qué leches te pasa?

Le digo que me duele la cabeza y le llevo a su casa y le digo que le llamaré desde New Hampshire.

Por algún motivo me recuerdo en una cabina telefónica de una estación de servicio de Palm Desert a las nueve y media de la noche de un domingo, a finales de agosto, esperando que me llamara Blair, que a la mañana siguiente se marchaba para pasar tres semanas en Nueva York con su padre, que estaba rodando allí. Yo llevaba vaqueros y una camiseta y un viejo y holgado jersey de cuadros escoceses y zapatillas deportivas sin calcetines y estaba despeinado y fumaba un cigarrillo. Y desde donde estaba veía una parada de autobús con cuatro o cinco personas que esperaban sentadas o de pie bajo las luces fluorescentes de la calle. Había un chico, de quince o dieciséis años, que yo creía que estaba haciendo autostop y yo estaba nervioso y hubiera querido decirle algo al chico, pero vino el autobús y el chico subió a él. Estaba esperando en una cabina telefónica sin puerta y la luz fluorescente era fuerte y persistente y me causaba dolor de cabeza. Una hilera de hormigas desfilaba a través de un envase de yogur vacío y aplasté mi pitillo dentro. Era una noche extraña. Había tres cabinas telefónicas en esta estación de servicio concreta aquel domingo por la noche de finales de agosto y todas las cabinas estaban ocupadas. Había un surfista bastante joven en la cabina de al lado de la mía con pantalones cortos a cuadros y una camiseta amarilla que ponía «MAUI» y yo estaba seguro de que esperaba el autobús. No me parecía que el surfista estuviera hablando con nadie; hacía como que hablaba con alguien y no había nadie al otro lado de la línea, y todo lo que yo pensaba era que es mejor fingir hablar con alguien que no hablar en absoluto, mientras recordaba una noche en Disneyland con Blair. El surfista no paraba de mirarme y yo me di la vuelta, esperando que sonara el teléfono. Se detuvo un coche con una matrícula que decía «GABSTOY», y una chica con un corte de pelo a lo Joan Jett, probablemente Gabs, y su novio, que llevaba una camiseta negra de los Clash, bajaron del coche. El motor seguía en marcha y pude distinguir los acordes de una vieja canción de Squeeze. Terminé otro cigarrillo y encendí uno más. Algu-

nas de las hormigas se ahogaban en el yogur. Llegó el autobús. Subió gente. No se bajó nadie. Y seguí pensando en aquella noche en Disneyland y pensando en New Hampshire y en Blair y en mí, que habíamos roto.

Un viento caliente soplaba en la estación de servicio vacía y el surfista, que me parecía un chapero, colgó el teléfono y oí que no caía ninguna moneda y fingí no darme cuenta. Se subió a un autobús que pasaba. GABSTOY se fue. El teléfono sonó. Era Blair. Y le dije que no se fuera. Ella me preguntó dónde estaba. Le dije que estaba en una cabina telefónica de Palm Desert. Ella preguntó:

—¿Por qué?

Y yo pregunté:

—¿Y por qué no?

Le dije que no se fuera a Nueva York. Ella me dijo que ya era un poco tarde. Le dije que viniera a Palm Springs conmigo. Me dijo que le había hecho daño; que le había prometido que me quedaría en Los Ángeles; que le había prometido que nunca volvería al Este. Le dije que lo sentía y que las cosas se arreglarían y ella dijo que ya me había oído decir eso y que si realmente estábamos bien el uno con el otro, qué podían importar cuatro meses. Le pregunté si se acordaba de aquella noche en Disneyland y ella preguntó:

—¿Qué noche en Disneyland?

Y colgué.

Así que volví a Los Ángeles y fui al cine y luego estuve dando vueltas con el coche hasta la una y me senté en un restaurante de Sunset y tomé café y terminé los cigarrillos y me quedé hasta que cerraron. Y volví a casa y Blair me llamó. Y yo le dije que la echaba de menos y que a lo mejor cuando volviera las cosas se arreglarían. Ella dijo que tal vez y luego que se acordaba de aquella noche en Disneyland. Me marché a New Hampshire a la semana siguiente y no hablé con ella durante cuatro meses.

Antes de irme quedo con Blair para almorzar. Está sentada en la terraza de The Old World, en Sunset, esperándome. Lleva gafas de sol y bebe una copa de vino blanco que probable-

mente ha conseguido gracias a su carnet de identidad falso.
A lo mejor el camarero ni se lo ha pedido, pienso al entrar por
la puerta. Le digo a la encargada que estoy con la chica sentada
en la terraza. Blair está sola y vuelve la cara hacia la brisa y en
ese momento algo suyo me sugiere una especie de confianza,
una especie de valor, y siento envidia. Me acerco por detrás y
la beso en la mejilla. Ella sonríe y se vuelve y se levanta las gafas y huele a vino y pintalabios y perfume y me siento y hojeo
la carta. Dejo la carta sobre la mesa y miro pasar los coches,
empezando a pensar que tal vez esto sea un error.

—Me sorprende que hayas venido —dice.

—¿Por qué? Te dije que vendría.

—Sí, lo dijiste —murmura—. ¿Dónde has estado?

—He almorzado a primera hora con mi padre.

—Ha debido de resultar agradable.

Me pregunto si está siendo sarcástica.

—Sí —digo, inseguro, y enciendo un cigarrillo.

—¿Y qué más has hecho?

—¿Por qué?

—Oye, no te pongas a la defensiva. Solo quiero hablar.

—Pues habla.

Guiño los ojos cuando el humo del cigarrillo me entra en
ellos.

—Oye. —Bebe un trago de vino—. Háblame de tu fin de semana.

Suspiro, sorprendido de no recordar casi nada de lo que pasó.

—No lo recuerdo.

—Oh.

Cojo la carta otra vez, y luego la dejo sin abrirla.

—De modo que vuelves al Este —dice.

—Eso parece. Aquí no hay nada.

—¿Esperabas encontrar algo?

—No lo sé. Llevo aquí mucho tiempo.

Como si hubiera estado aquí siempre.

Doy golpecitos con el pie en la barandilla de la terraza y la
ignoro. Es un error. De repente me mira y se quita sus Wayfarer.

—Clay, ¿me has querido alguna vez?

Estoy mirando un cartel y le digo que no he oído lo que me ha dicho.

—Te he preguntado que si me has querido alguna vez.

En la terraza, el sol hace que me lloren los ojos, y durante un momento cegador me veo con claridad. Recuerdo la primera vez que hicimos el amor en la casa de Palm Springs, su cuerpo moreno y mojado entre las frescas sábanas blancas.

—No me hagas esto, Blair —le digo.

—Contéstame.

No digo nada.

—¿Es una pregunta tan difícil de contestar?

La miro a los ojos.

—¿Sí o no?

—¿Por qué?

—Maldita sea, Clay —dice suspirando.

—Sí, claro. Supongo.

—No me mientas.

—¿Qué coño quieres oír?

—Quiero que me contestes —dice alzando la voz.

—No —digo casi gritando—. Nunca te he querido.

Me falta poco para echarme a reír.

Ella respira profundamente y dice:

—Gracias. Es todo lo que quería oír.

Toma un sorbo de vino.

—¿Y tú, me has querido alguna vez? —le pregunto, aunque ya no me importa.

Ella hace una pausa.

—He pensado en eso y sí, te quise. Quiero decir que te quise de verdad. Durante un tiempo todo estuvo bien. Eras cariñoso. —Baja la vista y luego sigue—. Pero era como si no estuvieras allí. Oh, mierda, esto no tiene sentido.

Y se interrumpe.

La miro, esperando que siga, mirando el cartel. Desaparezca aquí.

—No sé si alguna de las demás personas con las que he estado estaba allí de verdad... pero al menos lo intentaron.

Cojo la carta; dejo el cigarrillo.

—Tú nunca lo intentaste. Las otras personas se esforzaron y tú únicamente… —Toma otro sorbo de vino—. Nunca estabas allí. Sentí pena por ti algún tiempo, pero luego me resultó muy difícil. Eres un chico guapo, Clay, pero solo eso.

Miro los coches que pasan por Sunset.

—Es difícil sentir pena por una persona a la que no le importas nada.

—¿Sí? —pregunto.

—¿Qué te importa? ¿Qué te hace feliz?

—Nada. No hay nada que me haga feliz. No hay nada que me guste —le digo.

—¿Nunca te he importado yo, Clay?

No digo nada, vuelvo a mirar la carta.

—¿Nunca te he importado? —vuelve a preguntar.

—No quiero que me importe nada. Si me importan las cosas es peor, es solo otra cosa más de la que preocuparse. Es menos doloroso si no te importa nada.

—Tú me importaste durante algún tiempo.

Yo no digo nada.

Se quita las gafas de sol y por fin dice:

—Ya nos veremos, Clay.

Se levanta.

—¿Adónde vas? —De repente no quiero dejar a Blair aquí. Casi quiero llevármela conmigo.

—He quedado con alguien para almorzar.

—¿Y qué hay de nosotros?

—¿Qué hay de nosotros?

Se queda quieta un momento, como esperando. Yo sigo mirando el cartel hasta que empiezo a verlo borroso, y cuando se me aclara la visión veo que el coche de Blair sale del aparcamiento y se pierde entre el tráfico de Sunset. El camarero se acerca y pregunta:

—¿Está todo bien, señor?

Le miro y me pongo las gafas de sol y trato de sonreír.

—Sí.

Blair me llama la noche antes de irme.

–No te vayas –me dice.

–Solo serán un par de meses.

–Eso es mucho tiempo.

–El verano siempre llega.

–Eso es mucho tiempo.

–Volveré. No será tanto.

–Mierda, Clay.

–Tienes que creerme.

–No te creo.

–Tienes que hacerlo.

–Estás mintiendo.

–No, no miento.

Y antes de irme leo un artículo en *Los Angeles Magazine* sobre una calle de Hollywood que se llama Sierra Bonita. Una calle por la que he pasado muchas veces. El artículo decía que algunas personas que circulaban por la calle han visto fantasmas; apariciones del Salvaje Oeste. Leo que han visto a indios vestidos únicamente con taparrabos y montando a pelo, y que a un hombre le habían lanzado por la ventanilla de su coche un tomahawk que desapareció a los pocos segundos. Un matrimonio de edad avanzada dijo que en su salón de Sierra Bonita había aparecido un indio murmurando conjuros. Un hombre se había estrellado contra una palmera porque se le había cruzado en su camino una carreta cubierta que le obligó a girar bruscamente.

Cuando me marcho, en mi habitación no quedan muchas cosas, salvo un par de libros, el televisor, el equipo, el colchón, el póster de Elvis Costello, con sus ojos siempre mirando por la ventana; la caja de zapatos con las fotos de Blair dentro del armario. También queda un póster de California que he clavado a la pared con chinchetas. Una de las chinchetas se ha desclavado y el póster está arrugado y doblado por la mitad y cuelga lánguidamente de la pared.

Esa noche me dirijo a Topanga Canyon y aparco cerca de un viejo parque de atracciones abandonado que todavía se mantiene en pie, allí en medio del valle, desierto, en silencio. Desde donde estoy oigo el viento soplar en los desfiladeros. La noria está un poco ladeada. Un coyote aúlla. Las lonas aletean con el aire caliente. Es hora de volver. Llevo en casa mucho tiempo.

Había una canción que oí cuando estaba en Los Ángeles, interpretada por un grupo local. La canción se llamaba «Los Ángeles» y la letra y las imágenes eran tan duras y amargas que la canción me resonó en la cabeza durante días. Las imágenes, descubriría más tarde, eran estrictamente personales y ninguno de mis conocidos las compartía. Las imágenes que yo tenía estaban llenas de gente que se volvía loca por vivir en la ciudad. Imágenes de padres que estaban tan hambrientos e insatisfechos que se comían a sus propios hijos. Imágenes de jóvenes, adolescentes de mi edad, que levantan la vista del asfalto y quedan cegados por el sol. Esas imágenes permanecieron conmigo incluso después de que me hubiera ido de la ciudad. Unas imágenes tan violentas y malignas que parecieron constituir mi único punto de referencia durante mucho tiempo después. Después de que me hubiera ido.

«Para viajar lejos no hay mejor nave que un libro».

EMILY DICKINSON

Gracias por tu lectura de este libro.

En **penguinlibros.club** encontrarás las mejores
recomendaciones de lectura.

Únete a nuestra comunidad y viaja con nosotros.

penguinlibros.club

 penguinlibros